中国古典名著精华

楚　辞

〔汉〕刘向 撰

刘枫 主编

黄河出版传媒集团
阳　光　出　版　社

图书在版编目（CIP）数据

楚辞 / 刘枫主编 .-- 银川 : 阳光出版社，2016.8（2022.05重印）
（中国古典名著精华）
ISBN 978-7-5525-2884-8

Ⅰ. ①楚… Ⅱ. ①刘… Ⅲ. ①古典诗歌 – 诗集 – 中国 – 战国时代 Ⅳ. ① I222.3

中国版本图书馆 CIP 数据核字 (2016) 第 208350 号

中国古典名著精华　楚辞　　**〔汉〕刘向 撰 刘枫 主编**

责任编辑　陈建琼
封面设计　瑞知堂文化
责任印制　岳建宁

黄河出版传媒集团
阳光出版社　出版发行

地　　址　宁夏银川市北京东路139号出版大厦（750001）
网　　址　http://www.ygchbs.com
网上书店　http://shop129132959.taobao.com
电子信箱　yangguangchubanshe@163.com
邮购电话　0951-5047283
经　　销　全国新华书店
印刷装订　天津兴湘印务有限公司
印刷委托书号　（宁）0020183

开　　本　710 mm × 1000 mm　1/16
印　　张　17
字　　数　204千字
版　　次　2016年11月第1版
印　　次　2022年5月第2次印刷
书　　号　ISBN 978-7-5525-2884-8
定　　价　39.80元

目　　录

卷一 离骚

【原文】

一

帝高阳[①]之苗裔兮，
朕皇考曰伯庸[②]。
摄提贞于孟陬兮[③]，
惟庚寅吾以降。

皇览揆余初度兮[④]，
肇锡余以嘉名[⑤]：
名余曰正则兮，
字余曰灵均[⑥]。

纷[⑦]吾既有此内美兮，
又重之以脩能[⑧]。
扈江离与辟芷兮[⑨]，
纫秋兰以为佩。

汩[⑩]余若将不及兮，
恐年岁之不吾与[⑪]。
朝搴阰之木兰兮[⑫]，

夕揽洲之宿莽[13]。

日月忽其不淹兮[14]，
春与秋其代序。
惟草木之零落兮，
恐美人之迟暮。

不抚壮而弃秽兮，
何不改乎此度？
乘骐骥以驰骋兮，
来吾道夫先路！

【注释】

①高阳：楚之远祖，即祝融吴回。苗裔：远世子孙。

②朕：我。皇考：太祖。伯庸：屈氏始封君，西周末年楚君熊渠的长子，被封为句亶王，在甲水边上。屈氏即甲氏。

③摄提：摄提格的省称。木星（岁星）绕日一周约十二年，以十二地支来表示，寅年名摄提格。贞：正当。孟陬：夏历正月。

④皇：皇考。览：观察。揆：揣测。

⑤肇：借作"兆"，卦兆。锡：赐。

⑥屈原名平，字原。"正则"是阐明名平之义，言其公正而有法则，合乎天道；高平的地叫作原，"灵均"，是字原之义，言其灵善而均调。

⑦纷：盛多的样子。

⑧重：加。脩：同"修"，美好。

⑨扈：披。江离：即江蓠，一种香草。辟：系结。芷：白芷，一种香草。

⑩汩：水流急的样子，这里形容流逝的时光。

⑪与：等待。

⑫搴:摘。阰:山坡。

⑬揽:采。宿莽:一种可以杀虫蠹的植物,叶含香气。楚人名草曰“莽”,此草终冬不死,故名。即今水莽草。

⑭淹:停留。

【译文】

我是古帝高阳氏的苗裔子孙,
我先父的尊名叫作伯庸。
正当夏历寅年的孟春正月,
又在庚寅之日我便降生。

生父观察我初生的器宇容度,
始将美名赐予儿身。
我的美名叫作正则,
我的表字称为灵均。

我既有华盛的内在美质,
又有清秀的外貌风姿。
披佩那连接缉续的江离、白芷,
又将秋兰联缀成串作为佩饰。

我勤勉修行,匆匆若将不及,
唯恐时不待我,人生易老。
我在清晨攀折山冈上的木兰花枝,
薄暮又去采摘江洲中的紫苏香草。

日月匆迫而不久留,
春去秋来而依次更代。
感念草木的飘零陨落,
只恐美人又年迈色衰。

何不趁此少壮而抛弃邪秽，
何不改变这不善的态度？
驾着骐骥而自由驰骋吧，
请来啊，我在前面为你引路！

【赏析】

第一段。通过自叙的笔法，提出了积极入世的人生观：首先追溯世系，表明自己是楚国宗室之臣；详细说明生年和名、字的由来，强调禀赋的纯美。这和爱国主义思想结合起来，就成为屈原生命中进步的动力。奠定了他那种坚强不屈的战斗性格的基础。接着叙述他对待生活的态度。由于热爱生活，所以特别感到时间的易逝，生命的短暂。因而孜孜不倦地培养品德，锻炼才能，来充实自己的生活。而这一切，都是为了一个远大的理想，明确的目标，在楚国政治改革中，贡献出自己一份力量。

【原文】

二

昔三后之纯粹兮，
固众芳之所在。
杂申椒与菌桂兮，
岂维纫夫蕙茝！

彼尧、舜之耿介兮，
既遵道而得路。

何桀纣之昌披兮，
夫唯捷径以窘步。

惟党人之偷乐兮，
路幽昧以险隘。
岂余身之惮殃兮[①]，
恐皇舆之败绩[②]！

忽奔走以先后兮，
及前王之踵武。
荃[③]不揆余之中情兮，
反信谗以齌怒[④]。

余固知謇謇之为患兮[⑤]，
忍而不能舍也。
指九天以为正兮，
夫唯灵脩[⑥]之故也。

曰黄昏以为期兮，
羌中道而改路！
初既与余成言兮[⑦]，
後悔遁而有他。
余既不难夫离别兮，
伤灵修之数[⑧]化。

【注释】

①惮殃：害怕灾祸。

②皇舆：君王的舆辇，这里比喻国家。败绩：作战时战车倾覆，也指战争失败。

③荃：香草名，喻君。

④齌怒：暴怒。

⑤固：本来。謇謇：忠直敢言的样子。

⑥灵脩：楚人对君王的美称。

⑦成言：彼此约定。

⑧数：屡次。

【译文】

古昔的三王德行纯粹，
当时原有众芳荟萃一堂。
交杂地佩用申椒与菌桂，
难道只将香蕙、白芷缀饰身上？

那尧、舜何其光明正大，
遵循正道而得大路畅通。
那桀、纣何其狂悖不羁，
只贪走便道而寸步难行。

那结党营私之辈，但知苟且偷安，
使其所导之路幽暗而险隘。
难道我畏惮己身获罪遭殃吗？
我只担心君王之车倾覆败坏。

我匆遽黾勉地在前后效劳奔走，
但愿能追及先王的步武。

君王不谅察我内心的一片赤情，
反而轻信谗言而对我勃然暴怒。

我本知忠直谏诤会招来祸患，
却宁受苦难也不舍弃正途。
我指苍天起誓，让天作证，
我的忠忱只是为了君王之故。

说好了我们的婚礼定于黄昏时候，
中途却改变了打算。
当初已经同我说定，
后来却反悔有了别的主意。
我并不难于离去，
伤心的是你屡屡变化。

【赏析】

第二段。承接上文，阐明自己的政治观点和立场，以及事君不合的经过。首先述三后以戒今王，接着陈尧舜以示典范。在古代社会里，凡是具有政治抱负的士大夫，他们的理想都必然寄托在最高统治者的身上，因而屈原就必须争取楚怀王的合作，首先是取得他的信任。可是怀王的态度是不坚定的。这一矛盾的存在，就展开了屈原和“偷乐”的“党人”之间的剧烈斗争；同时，怀王的听信谗言，也就决定了屈原政治上的客观遭遇，为下文提出张本。

【原文】

三

余既滋兰之九畹兮[1]，
又树蕙之百亩。
畦留夷与揭车兮[2]，
杂杜衡[3]与芳芷。

冀[4]枝叶之峻茂兮，
原俟时乎吾将刈[5]。
虽萎绝其亦何伤兮，
哀众芳之芜秽。

众皆竞进以贪婪兮，
凭不猒乎求索[6]。
羌内恕己以量人兮[7]，
各兴心而嫉妒。

忽驰骛以追逐兮，
非余心之所急。
老冉冉其将至兮，
恐修名之不立。

朝饮木兰之坠露兮，
夕餐秋菊之落英。

苟余情其信姱以练要兮[8]，
长顑颔[9]亦何伤。

揽[10]木根以结茝兮，
贯薜荔之落蕊[11]。
矫菌桂以纫蕙兮[12]，
索胡绳之绩缅缅[13]。

謇吾法夫前修兮[14]，
非世俗之所服[15]。
虽不周[16]於今之人兮，
原依彭咸之遗则[17]。

长太息以掩涕兮[18]，
哀民生之多艰。
余虽好修姱以鞿羁兮[19]，
謇朝谇而夕替[20]。

既替余以蕙纕兮[21]，
又申[22]之以揽茝。
亦余心之所善兮，
虽九死其犹未悔。

怨灵修之浩荡兮[23]，
终不察夫民心。
众女嫉余之蛾眉兮[24]，
谣诼[25]谓余以善淫。

固时俗之工[26]巧兮，
偭规矩而改错[27]。
背绳墨[28]以追曲兮，
竞周容[29]以为度。

忳郁邑余侘傺兮[30]，
吾独穷困乎此时也。
宁溘[31]死以流亡兮，
余不忍为此态也。

鸷鸟[32]之不群兮，
自前世而固然。
何方圜[33]之能周兮，
夫孰异道而相安？

屈心而抑志兮，
忍尤而攘诟[34]。
伏清白以死直兮[35]，
固前圣之所厚[36]。

【注释】

①畹：楚人地亩单位，一畹等于三十亩。

②畦：田垄。留夷、揭车：皆香草名。

③杜蘅：香草名。

④冀：希望。

⑤俟：等待。刈：收割。

⑥凭：饱满。猒：同“厌”，满足。

⑦羌:楚人发语词,表反问和转折语气。恕己以量人:宽恕自己而苛求他人。

⑧苟:假如。姱:美。练要:精诚专一。

⑨颇颔:食不饱而面黄肌瘦的样子。

⑩掔:同“揽”,采摘。

⑪贯:贯穿。薜荔:一种蔓生香草。之:此处同“其”。

⑫菌桂、蕙:皆香草。

⑬索:搓为绳。胡绳:即结缕,一种香草,蔓状,如绳索,故名。纚纚:本义为多毛的样子。

⑭謇:发语词。法:效法。前脩:前代贤人。

⑮服:佩,用。

⑯周:合。

⑰彭咸:楚先贤,其人“处有为,出不苟”,不与世俗同流合污。

⑱太息:叹息。掩:拭。涕:泪。

⑲虽:借作“唯”。靰羁:自我约束。

⑳谇:进谏。替:解职。

㉑纕:佩带。

㉒申:重,加上。

㉓浩荡:放荡。

㉔蛾眉:细长的眉,谓如蚕蛾之眉(触角),此处喻美好的容貌。

㉕谣诼:谗毁。

㉖工:善于。

㉗偭:面对着。规:画圆的工具。矩:画方的工具。错:措施,设置。

㉘绳墨:准绳与墨斗。

㉙周容:苟合以取容。

㉚忳:愤懑。郁邑:同“郁悒”,心情抑郁不伸的样子。侘:失神而立。

㉛溘:忽然。

㉜鸷鸟:即挚鸟,指雎鸠,以其性专一,雌雄挚而有别。

㉝圜：同“圆”。

㉞尤：过错。攘：取。诟：辱。

㉟伏：同“服”，引申为保持。死直：为正直而死。

㊱厚：看重。

【译文】

我既培育了很多的兰草，
又种植了许多蕙草。
栽种留夷和揭车，
穿插着种植杜衡和白芷。

希望香草都长的枝繁叶茂，
但愿到时候我将能收获他们。
受到摧残而枯萎倒也不必悲伤，
可悲的是他们竟变成了一片杂草。

众人争着向上爬又极其贪婪，
肆意地追求利益而不满足。
以自己的心肠去度量他人，
各自都生出了嫉妒之心。

匆匆忙忙地狂奔乱跑以追求权势财富，
这不是我急于去做的事。
老年渐渐就要到来了，
只怕美名不能树立。

早晨饮用木兰花上坠下的露水，
傍晚服食秋菊的花瓣。
只要我的思想确实美好而精专，

虽然饿得面黄肌瘦又有什么可悲伤的?

手持香木的根株结上白芷,
又把薜荔的花心串在上面。
举起菌桂连缀上蕙草,
把胡绳草搓成长长的绳子。

效法前代的贤人,
力求服饰芳美,不同于世俗的打扮。
虽然不合于现在的俗人,
我愿意依照彭咸遗留下的榜样去做。

我屈原长叹息泪流满面,
哀人民生活苦多灾多难。
爱纯洁爱美好对己从严,
早上去劝君王晚上被贬。

既罚我用香蕙作了佩带,
又因我采芳草对我责怪。
似这样好品德在我心扉,
哪怕是死九回也不后悔。

怨我那神圣王实在荒唐,
他始终不能把民情体谅。
众女人嫉妒我长眉漂亮,
诽谤我作风坏品行淫荡。

这世人本善于投机取巧,

背规矩变法度只知讨好。
抛原则只追求歪斜曲弯，
竞相把讨好人作为法典。

我忧闷我失意我心太烦，
我独在这世上处境艰难。
我宁愿突然死如水流散，
也不愿装这种世俗嘴脸。

是雄鹰是凡鸟不能同群，
都这样自古代直到如今。
用方枘对圆凿哪能配套，
哪里有道不同相互和好。

我只有受委曲压抑意志，
竟忍心背罪过蒙受羞耻。
能保持清白身献身正道，
本来是古圣贤大力号召。

【赏析】

第三段。叙述自己在政治斗争中的客观遭遇，并分析其原因。综合起来，有下面几层：第一，政治上的改革，单靠个人的力量是不够的。除了争取君王的合作，必须培植人才，广结同志，共赴其成。屈原在这方面作了充分的准备。可是想不到“众芳芜秽”，致使他的计划落空，陷于孤立。第二，指出了他和“党人”之间的矛盾的根本原因。他们之所以勾心斗角，排除异己，只不过是为了个人的利益；而屈原的坚持理想，则是为了“恐修名之不立”，“哀民生之多艰”。这里，他强调法度绳墨，进一步提出他的法治思想；这和腐化没落的贵族势力绝不相容,因而这一斗争是不可调和的。第三,在这样不可调和的斗争中,怀王的昏庸糊涂,“不察民心”,不辨黑白,助长了邪气的高涨,造成了群小进谗的有利条件。第四,从邪正不能相容,预测自己前途遭遇的必然性;强调不屈服、不妥协的顽强精神,并准备为此而不惜作任何牺牲。下文展开了剧烈的思想斗争而终于取得胜利,就是确立在这样一个坚实基础上的。

【原文】

四

悔相道之不察兮[①],
延伫[②]乎吾将反。
回朕车以复路兮,
及行迷之未远。

步余马於兰皋兮[③],
驰椒丘且焉[④]止息。
进不入以离尤兮[⑤],
退将复修吾初服。

制[⑥]芰荷以为衣兮,
集芙蓉以为裳。
不吾知其亦已兮,
苟余情其信芳[⑦]。

高余冠之岌岌兮[⑧],

长余佩之陆离[9]。
芳与泽其杂糅兮[10]，
唯昭质其犹未亏。

忽反顾以游目兮，
将往观乎四荒。
佩缤纷其繁饰兮，
芳菲菲其弥章[11]。

民生各有所乐兮，
余独好修以为常。
虽体解吾犹未变兮，
岂余心之可惩[12]。

【注释】

①相:察看。察:仔细看。

②延伫:引颈而望。

③皋:水湾边。

④焉:于是。

⑤进:指进入朝廷。不入:未能进去。离:通“罹”,遭受。

⑥制:裁制衣服。

⑦苟:诚,果真。信:确实。

⑧岌岌:高耸的样子。

⑨陆离:长的样子。

⑩杂糅:交混。

⑪章:同“彰”,明显。

⑫惩:受戒而止。

【译文】

我后悔选道路没有看对，
久久地伫立着我想返回。
转过了我的车原路重返，
虽然是迷了路还不算远。

赶我马登高地水边兰草，
疾驰到椒树林丘陵歇脚。
到朝廷去做官受到责难，
回江湖重整我旧时衣衫。

剪几片绿荷叶来做上装，
缝几朵白莲花制成衣裳。
你对我不了解也就罢了，
只要是我的心确实美好。

把我的高帽子加得更高，
把我的长佩带延长几遭。
清芳物与污浊杂糅相混，
唯独我明洁心没有亏损。

忽然间我回头放眼远望，
我将去看四方土地宽广。
佩带上好服饰多彩缤纷，
香喷喷那气味真是好闻。

老百姓过日子乐趣各样，
我独自爱修养习以为常。

即使我被肢解不变思想，
又怎能挫败我远大志向。

【赏析】

第四段。承上文说，既然理想不能实现，则退隐可以独善其身；为个人计，又何尝不心安理得？可是这种知其不可为而为的逃避现实的态度，与屈原的个性是绝不相容的。这使他暂时宁静下来的情感又掀起无限的波澜。在波澜起伏中，一层一层地展开了内心深处的矛盾、彷徨、苦闷与追求，以及在这种心情中的斗争过程。从这段起，所写的都只是一种思想意识的反映，并非事实的叙述。

【原文】

五

女嬃之婵媛兮[①]，
申申其詈予[②]。
曰："鲧婞直以亡身兮[③]，
终然殀乎羽之野[④]。

汝何博謇[⑤]而好修兮，
纷独有此姱节[⑥]？
薋菉葹以盈室兮[⑦]，
判独离而不服[⑧]。"

众不可户说兮，
孰云察余之中情[9]？
世并举而好朋兮[10]，
夫何茕[11]独而不予听？

依前圣以节中[12]兮，
喟凭心而历兹[13]。
济沅、湘以南征兮[14]，
就重华[15]而陈词：

启《九辨》与《九歌》兮[16]，
夏康娱以自纵[17]。
不顾难以图後兮，
五子用失乎家巷[18]。

羿淫游以佚畋兮[19]，
又好射夫封狐[20]。
固乱流其鲜终兮[21]，
浞又贪夫厥家[22]。

浇身被服强圉兮[23]，
纵欲而不忍。
日康娱而自忘兮，
厥[24]首用夫颠陨。

夏桀[25]之常违兮，
乃遂[26]焉而逢殃。
后辛之菹醢兮[27]，

殷宗用而不长[28]。

汤、禹俨而祇敬兮[29]，
周[30]论道而莫差。
举贤才而授能兮[31]，
循绳墨而不颇[32]。

皇天无私阿兮[33]，
览民德焉错[34]辅。
夫维圣哲以茂行兮[35]，
苟得用此下土[36]。

瞻前而顾後兮，
相观民之计极[37]。
夫孰非义而可用兮？
孰非善而可服[38]？

阽余身而危死兮[39]，
览余初其犹未悔。
不量凿而正枘兮[40]，
固前修以菹醢"。

曾歔欷余郁邑兮[41]，
哀朕时之不当[42]。
揽茹蕙以掩涕兮[43]，
霑余襟之浪浪[44]。

【注释】

①女媭:传说为屈原的姊。婵媛:叹息,情绪激动。

②申申:反覆地。詈:骂。

③鲧:同“鲧”,远古传说中人物,尧臣,禹父。婞直:刚直。亡:一本作“忘”。

④殀:早死。羽:羽山。

⑤博謇:在各种事上都说实话。

⑥纷:多。节:“饰”字之误。

⑦菉葹:葹,生刍;葹,苍耳。皆普通的草。

⑧判:判然,分得清清楚楚。离:弃去。服:佩带。

⑨孰:谁。云:还。中情:内心。

⑩举:起。朋:朋党。

⑪茕:孤独。

⑫节中:折中,评判。

⑬喟:叹息。凭心:愤懑。历:逢。

⑭济:渡。沅湘:二水名,在今湖南省。征:行。

⑮重华:舜的号。

⑯启:禹之子,夏代君主。九辩、九歌:皆乐章名。此处“辩”“歌”皆用为动词。

⑰夏:夏朝。康娱:逸乐。

⑱五子:启的五个儿子。据《竹书纪年》,启放其季子武观,后武观以西河叛,则五子内讧起。此句“失”当作“夫”,其下“乎”字为衍文,盖为注“夫”字之义者,当删。巷:借为“讧”,家讧,内讧。

⑲羿:相传为有穷国君,夏太康时因夏乱而夺取夏政权。淫:过甚。佚:放纵。畋:打猎。

⑳封狐:大狐。

㉑乱流:邪乱。鲜:少。终:善终。

㉒浞:寒浞,本为羿相,怂恿羿放纵游乐畋猎,又拉拢羿周围的人,愚弄其民,杀了后羿。贪:强取。家:妻室。

㉓浇:寒浞之子,很有武力。强圉:坚甲。

㉔厥:其。

㉕夏桀:夏朝的最后一王。

㉖遂焉:终于。

㉗后辛:殷纣王之名,商朝最后一王。菹醢:剁成肉酱。纣王曾对臣下用此酷刑。

㉘宗:宗祀。用:因。

㉙汤:商汤,商代开国之君。禹:夏启的父亲,为夏朝的建立奠定了基础。俨:严肃。祗敬:恭敬谨慎。

㉚周:指周初的文王、武王等。

㉛举:选拔。授能:把职务交给有能力的人。

㉜绳墨:喻法度。颇:偏差。

㉝阿:偏袒。

㉞错:通"措",设置,给予。

㉟维:通"唯"。哲:聪慧的人。

㊱苟:庶几,或许。用:享。下土:天下。

㊲相观:观察。计:谋虑。极:终极。计极指谋虑之最终归向。

㊳服:同"用"的意思一样,享有,拥有。

㊴阽:近边欲坠的意思。危死:几乎死。

㊵量:度量。凿:器物上安插榫头的孔眼。正:修改。枘:榫头。

㊶曾:一次次。歔欷:抽泣。

㊷当:值。不当,没遇上。

㊸揽:持着。茹:柔。

㊹霑:浸湿。浪浪:滚滚。

【译文】

姐姐女媭气喘吁吁地长叹，
一遍又一遍将我骂詈。
她说："鲧刚直而忘却自身，
终于早死在羽山的野地。

你为何处处直言喜好修洁，
独有那许多美好的佩饰？
生刍和枲耳堆积满屋，
你却坚决离去不愿佩戴一试。

庸人不能挨家挨户去劝导，
谁会认真体察我的衷情？
世人都起而结党营私，
你为何保持独立我劝都不听？"

我依从前代圣人来作评判，
喟叹愤懑如今遭此忧患。
渡过沅水湘水更向南行，
到帝舜重华的灵前献言。

"夏后启制成《九辩》《九歌》之曲，
从此国人享受逸乐荒淫放纵。
不考虑困难图谋久远，
五个儿子因此闹起内讧。

后羿沉湎游荡迷恋田猎，

还喜欢射杀那硕大的野狐。
政治昏乱固然少有好下场，
何况寒浞又贪他的妻室家属。

寒浞之子浇身披着坚甲，
却纵欲过度不能抑制自我。
天天寻欢作乐忘乎所以，
他的脑袋因而被人砍落。

夏桀行事常常违背正道，
于是遭到杀身灭国的祸殃。
殷纣王的酷刑把人剁成肉酱，
商朝的宗祀因此也难以久长。

商汤夏禹处世谨慎恭敬，
周文王武王讲道义没有差错。
推举贤者而任用才士，
遵循法度一点也不偏颇。

皇天公正不会有什么私好，
见人民拥戴谁就给谁辅助。
那圣明智慧有盛德的人，
才能够享有天下疆土。

往前看往后看认真观察，
审视治理百姓的政策标准。
哪位国君不义而能统治天下，
哪位国君不善而能使人归顺？

即便把我置于濒死的境地，
我也毫不后悔当初的志向。
不度量圆孔硬塞进方榫，
所以前代贤人被剁成肉酱。”

我一次次悲叹抑郁惆怅，
痛惜自己没有遇上好时辰。
拿起柔软的蕙草擦拭眼泪，
伤心的泪水沾湿了我的衣襟。

【赏析】

第五段。叙述女媭的劝告。她指出处于没有是非曲直的社会里，屈原如果不改变他那种孤忠耿直的作风，是不会见容于当世，而且会遭到杀身之祸的。她是屈原人世间唯一的亲人，她所说的也是娓娓动听的人情话；可是她的话仅仅是单纯从爱护屈原、关心屈原出发，提高到思想原则上来说，她对屈原却缺乏本质上的认识。女媭尚且如此，那么屈原内心深处的痛苦又向谁去申诉呢？于是诗人就不得不把他生平的政治见解假托于向他所最崇拜的古代圣君帝舜来倾吐衷肠了。他征引了丰富的史实，主要是为了证明他所坚信不渝的一个真理，一切不合理的政治，必然归于覆亡，只有“义”和“善”，“循绳墨”“举贤能”才能使国家昌盛；而他所坚持的，正是关系楚国国运兴衰的根本问题，他自然不能听从女媭的劝告，作明哲保身之计了。“陈词”中的反复论证，即第二段“彼尧舜之耿介兮”四句的基本内容的具体发挥。这种认识所构成的理论上的完整体系，就使得屈原更进一步表现出一种“百世以俟圣人而不惑，质诸鬼神而无疑”的顽强信念。和其他伟大的政治思想家一样，他是“百变而不离其宗”，绝不可能放弃他的主张的。这种主张在现实环境中既然找不到出路，于是下文就进入了“上下求索”的幻境。

在精神活动的领域里开拓了一个更为宽广的世界，把极其深刻而复杂的内心矛盾，一步步推向高潮。

【原文】

六

跪敷衽以陈辞兮[①]，
耿[②]吾既得此中正。
驷玉虬以椉鷖兮[③]，
溘埃风余上征[④]。

朝发轫于苍梧兮[⑤]，
夕余至乎县圃[⑥]。
欲少留此灵琐兮[⑦]，
日忽忽其将暮。

吾令羲和弭节兮[⑧]，
望崦嵫而勿迫[⑨]。
路曼曼其修远兮[⑩]，
吾将上下而求索。

饮余马於咸池兮[⑪]，
总余辔乎扶桑[⑫]。
折若木以拂日兮[⑬]，
聊逍遥以相羊[⑭]。

前望舒[15]使先驱兮，
後飞廉使奔属[16]。
鸾皇为余先戒兮，
雷师告余以未具。

吾令凤鸟飞腾兮，
继之以日夜。
飘风屯其相离兮[17]，
帅云霓而来御[18]。

纷总总其离合兮[19]，
斑陆离其上下[20]。
吾令帝阍开关兮[21]，
倚阊阖[22]而望予。

时暧暧其将罢兮[23]，
结幽兰而延伫。
世溷浊[24]而不分兮，
好蔽美而嫉妒。

朝吾将济於白水兮，
登阆风而緤马[25]。
忽反顾以流涕兮，
哀高丘之无女[26]。

溘吾游此春宫兮，
折琼枝以继佩。
及荣华[27]之未落兮，

相下女之可诒[28]。

吾令丰隆[29]乘云兮，
求宓妃[30]之所在。
解佩纕以结言兮，
吾令蹇脩以为理[31]。

纷总总其离合兮，
忽纬繣其难迁[32]。
夕归次於穷石兮[33]，
朝濯发乎洧盘[34]。

保厥美以骄傲兮，
日康娱以淫游。
虽信美而无礼兮，
来违弃而改求。

览相观於四极兮[35]，
周流[36]乎天余乃下。
望瑶台之偃蹇兮[37]，
见有娀之佚女[38]。

吾令鸩[39]为媒兮，
鸩告余以不好。
雄鸠之鸣逝兮，
余犹恶其佻巧。

心犹豫而狐疑兮，

欲自适而不可。
凤皇既受诒[40]兮,
恐高辛[41]之先我。

欲远集[42]而无所止兮,
聊浮游以逍遥。
及少康[43]之未家兮,
留有虞之二姚[44]。

理弱而媒拙兮,
恐导言之不固。
世溷浊而嫉贤兮,
好蔽美而称恶。

闺中既以邃远兮[45],
哲王又不寤。
怀朕情而不发兮,
余焉能忍而与此终古[46]?

【注释】

①敷:铺。衽:衣襟。

②耿:光明。

③驷:驾车的四匹马。这里用为动词。玉:白色。虬:龙。椉:同“乘”。鹥:一种群飞的鸟,身五彩。

④溘:突然。埃风:卷着尘埃的风。

⑤轫:停车时抵住车轮的木头,发车时将它撤去叫发轫。苍梧:即九疑山,在今湖南宁远,舜葬此。

⑥县圃:神话中的地名,在昆仑山中层。县,同“悬”。

⑦琐:“薮”字之借,指草泽。灵薮,神仙所聚泽圃之地。

⑧羲和:神话中给太阳驾车者。弭节:按节徐步。节,以竹竿和羽毛制成的信节,路途通信之用。

⑨崦嵫:神话中山名,日入之处。迫:近。

⑩曼曼:通“漫漫”,路很长的样子。修:长。

⑪饮:使喝水。咸池:神话中日浴之处。

⑫总:绾结在一起。辔:缰绳。扶桑:神话中长在东方日出处的一种树。

⑬若木:神话中长在昆仑最西面日入处的一种树。拂:遮蔽。

⑭相羊:徜徉,随意徘徊。

⑮望舒:为月神驾车者。

⑯飞廉:风神。属:跟随。

⑰屯:聚合。离:通“丽”,附丽,靠拢。

⑱御:通“迓”,迎接。

⑲纷总总:多而纷乱的样子。离合:忽聚忽散。

⑳斑:色彩驳杂的样子。陆离:参差。

㉑阍:守门人。关:门闩。

㉒阊阖:天门。

㉓暧暧:日光昏暗的样子。罢:完了。

㉔溷浊:混乱污浊。

㉕阆风:神话中地名,在昆仑山上。绁:系住。

㉖女:神女,喻理想的人物,知音。

㉗荣华:花。

㉘下女:下界女子,相对于高丘而言。诒:同“贻”,赠送。

㉙丰隆:雷神。

㉚宓妃:神话中的人名,伏羲氏之女,洛水之神。

㉛蹇脩:声乐,徒鼓钟谓之脩(修),徒鼓磬谓之蹇。此用章炳麟之说,见《葑汉闲话》。理:媒。

㉜纬繣:本义为乖戾,此训执拗。难迁:难以说动。

㉝次:住宿。穷石:山名,在今甘肃张掖。

㉞洧盘:神话中水名,出崦嵫山。

㉟四极:四方的尽头。

㊱周流:遍行。

㊲瑶台:玉台。偃蹇:夭矫上伸的样子。

㊳有娀:传说中古部族名。佚:美。有娀氏美女简狄住在高台上,成帝喾之妃,生契,为商人之祖。

㊴鸩:鸟名,羽有毒。

㊵诒:此处指礼物、聘礼。

㊶高辛:高辛氏,指帝喾。

㊷集:栖止。

㊸少康:夏后相之子。相被过、浇杀死,相妻逃至有仍生少康。少康又逃到有虞,娶了国君的两个女儿,借助有虞的力量恢复了夏朝。

㊹二姚:有虞氏二女,有虞姚姓。

㊺闺:女子居处。指上述诸女而言。以:通"已",甚。

㊻终古:永久。

【译文】

跪着铺正了衣襟开始诉说,
光明昭彰我已得中正之道。
驾起四条玉龙乘着鹥鸟之车,
忽然风卷飞尘我便冉冉升高。

清早在苍梧山下发车启程,
傍晚我便到了昆仑山的悬圃。
打算在神灵所聚的泽薮稍留,
而太阳很快下落时已近暮。

我命令羲和慢速按节而行，
遥望崦嵫山不要急于靠近。
道路十分漫长十分遥远，
我将上上下下去求索探寻。

让我的马在日浴处咸池饮水，
把我的车辔系上神木扶桑。
折下若木的树枝遮蔽阳光，
姑且逍遥自在从容游逛。

让月御望舒开路先行，
让风神飞廉奔走跟随。
鸾凰为我在前面警戒，
雷师告诉我哪些还没具备。

我命令凤鸟高高飞腾，
白天黑夜都不中断休歇。
旋风聚起气团紧紧相连，
率领云霞虹霓前来迎接。

纷乱杂沓它们时聚时散，
色彩斑斓它们或上或下。
我命令天帝的门官打开天门，
他倚靠天门看着我装聋作哑。

此时日光黯淡白天将要过去，
绾结幽兰久久地伫立。

世道混浊是非善恶不分，
喜欢抹杀美德对人满怀妒忌。

清早我将渡过昆仑山下白水，
再登上阆风把马缰系住。
忽然回头观望便痛哭流涕，
哀伤这高丘之上并无神女。

匆匆又漫游东方青羊之宫，
折了琼树枝条加长佩饰。
趁着开放的花朵还没凋谢，
物色可接受馈赠的人间女子。

我命令云神丰隆驾起云朵，
去寻找洛神宓妃的踪迹。
解下佩带表示交结的欢言，
我让钟鼓之乐来传情达意。

介绍人忙碌奔波来来去去，
忽觉难以说动对方太执拗。
晚上她到穷石之地歇息，
早上她在洧盘之水洗头。

仗着她的美貌而十分骄傲，
成天寻欢作乐恣意嬉游。
虽然她确实美丽但过于无礼，
因此我丢开她转而他求。

到四方极远之地浏览观察，
在天巡行一周我便下降落地。
远望玉饰的高台挺拔耸立，
看见有娀氏的美女简狄。

我命令鸩鸟作媒去传话，
鸩鸟却告诉我说她不好。
雄鸠鸣叫着飞向远处，
我又讨厌它浅薄轻佻。

心中犹豫而疑惑不定，
想自己前往又觉得不够稳妥。
凤凰已接受聘礼去转送，
我担心高辛氏会抢先联络。

想去远方居住又无处安身，
姑且游荡一番逍遥彷徨。
趁着少康还没有结婚成家，
留有有虞氏两个姚姓姑娘。

信使能力差媒人又笨拙，
我担心他们传话不牢靠可信。
世道混浊嫉妒贤能之士，
喜好掩盖美德而宣扬恶行。

闺房幽深迂远难以通达，
明哲的君王又没有觉悟清醒。
怀着我的衷情不能抒发，

我怎能长久忍受这种环境！

【赏析】

第六段。写幻想中的境界，借求爱的炽热和失恋的苦痛来象征自己对理想的追求。综合它的内容，有下列几点值得注意：

第一，由于屈原爱国之深，尽管在上述恶劣环境中备受各种打击，但他仍然热爱国家，这种发自内心不可抑制的强烈情感，亦惟有爱情的追求能仿佛其万一；因而就产生了以“求女”为中心的幻想境界，并形成这种上天入地驰骋幻想的表现形式。

第二，要实现自己的政治理想，首先必须争取统治者的信任，正如爱情不是抽象的概念而必须有其具体的追求对象一样。屈原所追求的，有九重的天女，有高丘的神女，有人间的侍女，她们的身份不同，但在她们的身上同样可以寄托爱情；也如楚国统治集团当中的任何一员，都有可能通过他们来实现自己的理想。有这样一个说法，以求女喻思君，基本上符合于屈原当时的心理状态。可是所谓“女”，绝不仅仅是象征“君”。有人认为这一段是说“以道诱掖楚之君臣卒不能悟”，最为切合原文文义。至于哪一类的女性是影射哪一种人，则文学作品里的艺术形象不同于哲学社会科学的逻辑思维，是不可能刻舟求剑机械地加以分类的。

第三，屈原求爱的心情是炽热的，可是他选择对象的条件则是极其苛刻的。他不仅追求美丽的容貌，更重要的是高尚的道德品质。那就是说，政治上的结合必须建筑在共同的思想基础上；同时，即使有了适当的对象，又必须通过媒介的关系。那也就是说，无论在任何情况下，他绝不肯枉尺直寻，不择手段以求进身的。爱情的炽热和求爱条件的苛刻，正是矛盾的焦点；失恋的苦痛，就是在这个焦点上形成的。因此在“上下求索”的过程中，回答他满腔热情的只是空虚和幻灭，怅惘与彷徨。他在幻觉中的一切感受，正是“溷浊不分，蔽美称恶”的丑恶现实的反映。

【原文】

七

索藑茅以筳篿兮[1]，
命灵氛[2]为余占之。
曰[3]："两美其必合兮，
孰信修而慕之[4]？

思九州[5]之博大兮，
岂惟是[6]其有女？"
曰："勉[7]远逝而无狐疑兮，
孰求美而释[8]女？

何所独无芳草兮，
尔何怀乎故宇[9]？"
世幽昧以眩曜[10]兮，
孰云察余之善恶？

民好恶其不同兮，
惟此党人其独异！
户服艾以盈要兮[11]，
谓幽兰其不可佩。

览察草木其犹未得兮，
岂珵[12]美之能当？

苏粪壤以充帏兮[13]，
谓申椒其不芳。

欲从灵氛之吉占兮，
心犹豫而狐疑。
巫咸[14]将夕降兮，
怀椒糈而要之[15]。

百神翳其备降兮[16]，
九疑[17]缤其并迎。
皇剡剡[18]其扬灵兮，
告余以吉故[19]。

曰："勉升降以上下兮，
求榘矱之所同[20]。
汤、禹严而求合兮[21]，
挚、咎繇而能调[22]。

苟中情其好修兮，
又何必用夫行媒[23]？
说操筑於傅岩兮[24]，
武丁用而不疑。

吕望之鼓刀兮[25]，
遭周文而得举。
甯戚[26]之讴歌兮，
齐桓闻以该辅[27]。

及年岁之未晏兮[28]，
时亦犹其未央[29]。
恐鹈鴂[30]之先鸣兮，
使夫百草为之不芳。”

何琼佩之偃蹇兮[31]，
众薆[32]然而蔽之。
惟此党人之不谅[33]兮，
恐嫉妒而折之。

时缤纷其变易兮，
又何可以淹留？
兰芷变而不芳兮，
荃蕙化而为茅。

何昔日之芳草兮，
今直为此萧[34]艾也？
岂其有他故兮，
莫好修之害也！

余以兰为可恃兮，
羌无实而容长[35]。
委[36]厥美以从俗兮，
苟[37]得列乎众芳。

椒专佞以慢慆[38]兮，
榝又欲充夫佩帏[39]。
既干进而务入兮[40]，

又何芳之能祗[41]？

固时俗之流从[42]兮，
又孰能无变化？
览椒兰其若兹[43]兮，
又况揭车与江离？

惟兹佩之可贵兮，
委厥美而历兹。
芳菲菲而难亏兮，
芬至今犹未沬[44]。

和调度以自娱兮[45]，
聊浮游而求女。
及余饰之方壮[46]兮，
周流观乎上下。

【注释】

①索：讨取。藑茅：一种可用来占卜的草。以：与。筳篿：用来占卜的竹片。

②灵氛：古代神巫。

③此"曰"与下一"曰"之后皆卦辞。重加"曰"字表强调。

④慕："莫念"二字之误。"念之"与上"占之"押韵。

⑤九州：古代中国分为九州，后以"九州"指全中国。

⑥是：此，指楚国。

⑦勉：努力。

⑧释：放。

⑨故宇:旧居。

⑩眩曜:日光强烈,此处指眼光迷乱。

⑪服:佩。艾:艾草。要:通“腰”。

⑫珵:美玉。

⑬苏:取。帏:佩带的香囊。

⑭巫咸:上古神巫。

⑮糈:精米。要:拦截,这里是迎候之意。

⑯翳:遮蔽。备:都。

⑰九疑:指九疑山的神。

⑱皇剡剡:闪光的样子。

⑲吉故:吉利的故事。

⑳榘:同“矩”,画方的器具。矱:尺度。榘矱喻准则、法度。

㉑严:严肃恭谨。

㉒挚:伊尹名,商汤的贤相。咎繇:即皋陶,夏禹的贤臣。调:谐调。

㉓行媒:作媒的使者。

㉔说:傅说,殷高宗时贤相。筑:打土墙用的捣土工具。

㉕吕望:姜太公,本姓吕,名尚,曾被称为太公望。鼓:鸣。

㉖甯戚:春秋时卫人,曾在齐东门外作小商,齐桓公夜出,值宁戚喂牛,扣角而歌其怀才不遇,桓公与之交谈后,任用为相。

㉗该:备,充当。该辅,备位于辅佐大臣之列。

㉘及:趁着。晏:晚。

㉙央:尽。

㉚鹈鴂:鸟名,即杜鹃,鸣于春末夏初,正是落花时节。

㉛琼佩:琼玉的佩饰。偃蹇:屈曲样子。

㉜薆:隐蔽的样子。

㉝谅:信实。

㉞萧:青蒿。

㉟羌:乃。容:外表。长:好。

㊱委：丢弃。

㊲苟：苟且。

㊳慢慆：傲慢。

㊴榝：亚落叶乔木，果实为裂果，又名食茱萸。佩帏：香囊。

㊵干：求。务：致力。

㊶祇：振。

㊷流从：一作"从流"。

㊸兹：此，指以上所述忧患。

㊹沬：通"昧"，暗淡。

㊺和：调节使和谐。调：佩玉发出的声响。度：行进的节奏，由车上銮铃的声响显示之。

㊻壮：盛。

【译文】

取来藑茅和截好的八段竹子，
让神巫灵氛为我起课占卜。
占辞说："两美定能完满结合，
谁诚然美好而不受人恋慕？

想想九州之地如此广大，
难道美女就只生在这里？"
又说："远远离去不要怀疑，
谁会寻求美男而放过了你？

什么地方没有芬芳的青草，
为什么你定要依恋故居？"
世道黑暗使得人心惑乱，

谁察识我们分清善人恶徒?

世人的喜好厌恶各不相同,
这些结党营私者特别奇怪。
家家户户腰里系满艾蒿,
反倒说幽兰不可以佩戴。

观察草木尚且不辨香臭,
识别美玉又怎能精审恰当?
取了粪土来充填香囊,
反倒说申椒并没有芳香。

想听从灵氛吉祥的占卜,
又心怀犹豫而疑虑不决。
巫咸将要在黄昏时降神,
我怀揣花椒和精米去迎接。

遮天蔽日天神一齐降临,
九疑山山神也纷纷共迎。
辉煌煊赫那些神祇显灵,
告诉我往日的吉祥事情。

他说:"要上天下地努力探察,
把德行准则相同的人寻找。
商汤夏禹严谨地追求合道,
伊尹皋陶因而能与之协调。"

如果内心确实喜好贤能,

又何必任用作中介的媒人？
傅说当初在傅岩下筑墙，
殷高宗武丁重用他没有疑心。

“姜太公吕望当初拍刀屠牛，
遇到周文王被举为心腹大臣。
宁戚作商贩敲着牛角唱歌，
齐桓公听了授官职让他辅政。”

要趁着年岁还不算太晚，
时间也还没有完全过尽。
怕的是杜鹃鸟先已叫起，
使那百草顿然失去芳馨。

身佩的宝玉多么屈曲美好，
众人却遮上来把它掩盖。
这些结党营私者没有诚信，
怕他们心生嫉妒把它折坏。

时世纷乱不断发生变故，
又怎么能在这里长久停靠？
兰芷都蜕变而不再芬芳，
荃蕙都化成了一片茅草。

为什么昔日的芳草啊，
今天都变成了贱草萧艾？
难道会有其他什么原因？
总是没人喜好修洁的危害。

我本以为兰可以依靠，
结果是华而不实外秀内空。
遗弃了它的美质追随流俗，
还苟且得以列入众芳之中。

椒专为佞邪而傲慢无礼，
榝又企图填满那个香囊。
既然拼命钻营以求得逞，
又怎么能够散发芬芳！

固然时俗都是随波逐流，
又有什么会没有转变消退？
看看椒与兰都是那样，
又何况揭车与江离之辈。

想来只有我的玉佩最可贵，
任其美质历经这种种患难。
香喷喷的气息难以亏损，
清香一片到如今仍未消减。

调整玉佩銮铃的声响自娱，
姑且漫游闲荡寻求好女。
趁着我的佩饰正繁盛艳丽，
上下巡回察看地面天宇。

【赏析】

第七段。屈原在极度苦痛的复杂的矛盾心情中提出了一个新的问题，即去和留的问题。战国时代，是中国大一统局面出现的前夕，当时所谓士，为了实现其理想，政治活动的范围并不限于本国。谋求个人功名富贵的“朝秦暮楚”的苏秦、张仪之徒固不用说，就是儒家的大师孟轲也是终身过着“革车数十乘,从者数百人,以传食于诸侯”的生活。荀卿则以赵人终老于齐。法家的韩非、李斯也都不是为故国效力。以屈原所具备的卓越才能,在这样的社会风气下,当他在政治上受到一次又一次的打击,理想不可能在本国实现的时候,考虑到去留的问题是非常自然的。这一段分三个部分:首先是问卜于灵氛,接着取决于巫咸。巫咸和灵氛对同一问题的看法所得出的两种不同的结论,再一次地引导屈原把楚国的现实和自己的处境作了更深入的分析。他指出问题的症结是在于整个环境的日益恶化。尽管自己能坚持理想,绝不动摇;但留下来,希望又在哪里呢?结果,灵氛的劝告在他的思想上取得了暂时的优势;于是他就冲破了楚国的范围,进入了“周流上下”,“浮游求女”的另一幻境。

【原文】

八

灵氛既告余以吉占兮,
历①吉日乎吾将行。
折琼枝以为羞②兮,
精琼爢以为粻③。

为余驾飞龙兮,
杂瑶象以为车。
何离心之可同兮?
吾将远逝以自疏。

邅④吾道夫昆仑兮,
路修远以周流。

扬云霓之日奄蔼兮[⑤]，
鸣玉鸾[⑥]之啾啾。

朝发轫於天津兮，
夕余至乎西极。
凤皇翼[⑦]其承旂兮，
高翱翔之翼翼[⑧]。

忽吾行此流沙[⑨]兮，
遵赤水而容与[⑩]。
麾蛟龙使梁津兮[⑪]，
诏西皇使涉予[⑫]。

路修远以多艰兮，
腾众车使径待[⑬]。
路不周[⑭]以左转兮，
指西海以为期[⑮]。

屯[⑯]余车其千乘兮，
齐玉轪[⑰]而并驰。
驾八龙之婉婉[⑱]兮，
载云旗之委蛇[⑲]。

抑志而弭节兮，
神高驰之邈邈[⑳]。
奏《九歌》而舞《韶》[㉑]兮，
聊假日以媮乐[㉒]。

陟陞皇之赫戏兮[23]，
忽临睨夫旧乡[24]。
仆夫悲余马怀兮，
蜷局[25]顾而不行。

【注释】

①历：选择。

②羞：肉干。

③精：舂，捣米粟。糜：粮。

④邅：转。

⑤扬：举。云霓：云霓作的旗，即下文的“云旗”。奄蔼：因云霓之旗遮蔽而光线变暗的样子。

⑥鸾：通“銮”，安在车上或挂在马镳上的铃铛。

⑦翼：展翅。

⑧翼翼：整齐的样子。

⑨流沙：指西方沙漠之地，在昆仑以东，因沙漠随风而动，故称。

⑩赤水：神话中水名，源于昆仑山东南。容与：徘徊不进。

⑪麾：指挥。梁：桥，此处用为动词，架桥。津：渡口。

⑫诏：命令。西皇：主西方之神。涉：渡过，此处为使动用法。

⑬腾：传告。径：捷径，此处指抄小路。

⑭不周：神话中山名。

⑮西海：传说中西方之海。期：约定，此处指约定的地点。

⑯屯：聚集。

⑰軑：车毂端的帽盖。

⑱婉婉：同“蜿蜿”，龙马前后相连，蜿蜒而行的样子。

⑲委蛇：卷曲飘动的样子。

⑳邈邈：高远的样子。

㉑韶：即《九韶》，传说为虞舜时的乐舞。

㉒假：借。媮：同“愉”。

㉓陟陞：升。皇：皇祖，先祖。赫戏：光耀。

㉔临：居高临下。睨：斜视。旧乡：指郢郢。

㉕蜷局：屈曲。

【译文】

灵氛早已告诉我占得吉卦，
我选择吉日将出发前往。
折下玉树的枝条作佳肴，
又精舂了玉屑来作干粮。

为我驾起飞腾的长龙，
杂用美玉象牙制作乘轩。
哪有心志不同者可以共处，
我将远去自行与之疏远。

我转道走向那昆仑山，
路途长远迂曲难行。
举起云霓作旗帜遮天蔽日，
玉銮铃振动宛如凤鸣。

早上从天河渡口发车启程，
晚上我到了西面极远之地。
凤凰伸展双翅上接云旗，
高高飞翔起来肃穆整齐。

忽然我行进来到流沙地带，
沿着赤水河岸盘桓踟蹰。
指挥蛟龙在渡口架起桥梁，
通告西方上帝让我摆渡。

路途长远充满艰难险阻，
传告众车抄小路等候在前。
经过不周山就向左转弯，
指着西海约好会面时间。

会聚了我的成千辆车子，
对齐了车毂同时驰骋向前。
驾驭八条长龙蜿蜒而行，
载着云霞之旗招展舒卷。

控制住心情放慢速度，
神思却高高飞驰十分悠远。
奏起《九歌》跳起《韶》舞，
姑且借此时光愉乐一番。

升起皇祖的赫赫灵光，
猛然瞥见那楚都故乡鄢郢。
仆人悲怆我的马也怀恋，
屈身回望再也不肯前行。

【赏析】

第八段。屈原考虑接受灵氛的劝告以后，在迷离恍惚的心情中展开了最后一次的幻想。幻想终于破灭,这样就结束了全篇。综合其内容,有下列几点值得注意:第一,表现在本篇里,屈原的内心矛盾正如蚕的作茧自缚一样,愈来而愈错综复杂,无法解脱;而这错综复杂的矛盾始终围绕着一个核心,沿着一条线索逐步向前发展的。那就是个人远大的政治抱负和深厚的爱国主义情感如何求得统一的问题。假如单纯为了不忍去国,则留下来而采取一种消极逃避的态度;尽管在极端黑暗的现实环境里,又何尝不能作和光同尘,明哲保身之计?但这是屈原所万万做不到的。假如单纯为了实现个人的政治抱负,则屈原的主张正符合于大一统前夕历史发展的客观要求,正如司马迁所说的,"以彼其材,游诸侯,何国不容?"但这又是他心所不忍的。留既不能,去又不可,最后所接触到的一个问题,那就是个人的远大的政治抱负和深厚的爱国主义情感的不但无法统一,而且引起了正面冲突的问题;这样就把矛盾推进到最高峰,而无可避免地使得驰骋在云端里的幻想又一次掉到令人绝望而又无法离开的土地上。第二,在这段里面,极驰骋想象之能事,浪漫气息非常浓厚。这是屈原灵魂深处苦痛的绝叫,生命活力最后的颤抖,这种精神活动,尽管迷离恍惚,空阔无边,但它所反映的现实心情并不是不可捉摸的。在准备离开楚国的大前提下,屈原究竟想到哪里去呢?他所飞翔的幻想始终是指向西北方,而且明确地说,"指西海以为期",这绝不是偶然的。中国民族来自西北高原,蒙昧时期,我们祖先的活动是以西北地区为起点。因而远古的神话传说,绝大部分集中于以昆仑为中心的西方和西北一带。这是从我国最早的民族发展史上所形成的一个古老的神话系统。到了战国后期,随着生产的发展,疆宇的开拓,在东方文化中心的齐国,以阴阳家邹衍为代表又出现了一支以瀛海、蓬莱为中心的新的神话系统的萌芽。秦汉以后,有关神话传说才渐渐由西北转向东南。楚国在当时是保存远古文化最完整的唯一的国家,因而以神话传说为背景的屈原的创作,自然是详西北而略东南。这仅仅是从文章的取材的地域性和历史意义而言的。就作品本身所表现的语气结合着当时的客观现实,则其中透露出一个作者所不忍明言的隐约心情。那就是它所指向的西北方,正是秦国所在地。李光地曰:"是时山东诸国,政之昏乱,无异南荆。惟秦强于刑政,收纳列国贤士;士之欲亟功名,舍是莫适归者。是以所过山川,悉表西路。"这话是不错的。七雄并峙的局面,到了后来,大势渐趋统一,山东六国必然被强秦所吞并,已成为一个显而易见的事实。和屈原同时的荀卿在他所著"强国篇"里就有具体的分析。屈原也不可能不是从这一角度来考虑问题的。因而出现在他思想里暂时的幻境,不但要离开父母之邦,而且是适仇讐之国,这样就使得矛盾的冲突表现得更为尖锐,更为剧烈。这段一开始,屈原驱役龙凤,挥斥云霓,表现得如何的活跃和愉快!他的精神似乎已经超越现实境界,而离开了苦难的深渊。可是当他忽然临睨到故乡的时候,血肉相联的情感,又立刻粉碎了那一刹那间所呈现的美妙幻境。也就在幻想的破灭里,放射出强烈的万丈爱国主义光芒。而这种骏马驻坡,帷灯匣剑的表现手法,和他当时真实心情是完全相适应的。

【原文】

乱曰:已矣哉!
国无人莫我知兮,
又何怀乎故都①!
既莫足与为美政兮,
吾将从彭咸之所居!

【注释】

①故都:指郢都。

【译文】

尾声唱道:

算了吧!

国家缺少忠良没人理解我，
又何必深深地怀恋故都。
既然不足以一起推行美政，
我将追随彭咸去他的居处！

【赏析】

这五句是全篇的总结和尾声，在上面八段外具有其独特意义。它高度地概括了全篇的主要内容，简要而深刻地阐明了屈原以身殉国这一伟大悲剧的真实历史意义。五句分两层：龚景瀚曰："'莫我知'，为一身言之也；'莫足与为美政'，为宗社言之也。世臣与国同休戚，苟己身有万一之望，则爱身正所以爱国，可以不死也。不然，其国有万一之望，国不亡，身亦可以不死；至'莫足与为美政'，而望始绝矣。既不可去，又不可留，计无复之，而后出于死，一篇大要，'乱'之数语尽之矣。太史公于其本传终之曰：'其后楚日以削，后数十年竟为秦所灭。'言屈子之死得其所也，是能知屈子之心者也。"死，在今天看来是消极的，但两千年前屈原所采取的这种行动其中却包涵着极其严峻的积极的现实斗争意义。王夫之曰："原之沉湘，虽在顷襄之世，然知几自审，矢志已夙。君子之进退生死，非一朝一夕之树立，惟极于死以为志，故可任性孤行也。"先大父曰："死，酷事耳；志定于中，而从容以见于文字，彼有以通性命之故矣！岂与匹夫匹妇不忍一时之悁忿而自裁者比乎？"这些，不但说明了为什么屈原在沉湘前二十多年的《离骚》里会出现"吾将从彭咸之所居"这样的句子，而且有力地驳斥了一般封建正统文人们有意诬蔑屈原，毁谤屈原，像汉朝班固所说"露才扬己，忿怒沉江"之类的谬论。

【全文赏析一】

《离骚》是屈原自叙平生的长篇抒情诗。它的名称有双重涵义：从音乐方面来说，《离骚》，可能是楚国普遍流行的一种歌曲的名称。游国恩说："《楚辞·大招》有'伏羲驾辩，楚劳商只'之文，王逸注云：'驾辩、劳商，皆曲名也。''劳商'与'离骚'为双声字，或即同实而异名。西汉末年，赋家扬雄曾仿屈原的《九章》，自《惜诵》以下至《怀沙》一卷，名曰《畔牢愁》。'牢''愁'为叠韵字，韦昭解为'牢骚'，后人常说发泄不平之气为'发牢骚'，大概是从这里来的。"这一论证是确切的。屈原的创作是从楚国的民间文学汲取丰富的源泉，既然他的作品内容，"书楚语，作楚声，纪楚地，名楚物"，那么作品的名称袭用民间歌曲的旧题，更是完全可以理解的。当然，这一句词并非有声无义。司马迁《史记·屈原列传》引用刘安的话说："《离骚》者，犹'离忧'也。"《离骚》就是"离忧"，也就是前面所说的"劳商""牢愁"和"牢骚"，都是一声之转的同义词，同样是表示一种抑郁不平的情感。《史记》本传说屈原"忧愁幽思而作《离骚》"，足见标题是决定于作品的内容，而标题的音乐意义和作品的内容是统一的。"离忧""离骚"以及"劳商""牢愁""牢骚"，都是双声或叠韵字所组成的联绵词，只是一个完整的意义。班固《赞骚序》说："离，遭也；骚，忧也。明己遭忧作辞也。"王逸《楚辞章句》说："离，别也；骚，愁也。"显然，他们都是在替司马迁"'离骚'者，犹'离忧'也"这句话做注脚，但却误会了司马迁的原意。又，项安世《项氏家说》说："'楚语'：'德义不行，则迩者骚离。'韦昭曰：'骚，愁也；离，畔也。'盖楚人之语，自古如此。屈原《离骚》必是以离畔为愁而赋之。"也是把"离"和"骚"分成两个字来讲。把两个字义凑成一个词义，以致理解不同，分歧百出，都是由于不明词性的缘故。

本篇原名《离骚》，到了东汉王逸的《楚辞章句》却称之为《离骚经》。他的解释是："离，别也；骚，愁也；经，径也。言己放逐离别，中心愁思，犹依道径以风谏君也。"这话的牵强附会，无待辨明。"经"，当然是经典的意思。《离骚》是屈原的代表作，把《离骚》下面加上一个"经"字，正如洪兴祖所说，"古人引《离骚》未有言经者，盖后世之士祖述其词，尊之为经耳。"又，本篇也有人简称之为《骚》，如刘勰的《文心雕龙》就以《辨骚》名篇；甚至有人竟把屈原的作品以及后来模仿屈原的作品都称之为"骚体"。这也是源于王逸，因为他在《楚辞章句》里，把凡是他认为是屈原的作品概题为《离骚》，凡是模仿屈原的作品概题为《续离骚》。如《九歌》，题作《离骚·九歌》，《九辩》，题作《续离骚·九辩》。这些名称，虽然相沿已久，但并不合逻辑。其次，本篇也有人称为《离骚赋》。这起源于汉朝,因为“汉赋”的表现形式是从“楚辞”演化而来,所以汉朝人的眼光里,屈原的作品无一不属于“赋”的范畴。司马迁说屈原“乃作《怀沙》之赋”,班固《汉书·艺文志》著录屈原的作品二十五篇,则更进一步都称之为“赋”。其实,“赋”到汉朝才成为文学形式上一种专门体制。称屈原作品为“赋”,由于受了汉朝人对“辞”“赋”的概念混淆不清的影响,是不恰当的。

关于本篇的写作时代,过去和现在都有许多不同的看法。据《史记》本传记载,是叙述在上官大夫夺稿,“王怒而疏屈平”之后。但这并不等于说,就是这一年的事,而只是说,《离骚》是屈原政治上失意以后的作品。这里所指的时间是广泛的。但《离骚》作于楚怀王的时代,这一点完全可以肯定。究竟是哪一年呢?远在二千年前的司马迁已经感到文献不足的困难,而无法作出绝对的论断。当然,今天更不能加以主观的臆测。可是,在司马迁的提示下,如果作进一步的探讨,多少还可以寻找出一点关于这一问题的消息。《离骚》既然是一篇抒情诗,而它的具体内容又属于自叙传的性质,则作品本身有关客观事件的叙述,个人遭遇的因由,情感上所表现的忧愤之深广,创作上所表现的气魄之雄伟,这一切,都透露了它自身产生的时期:既不可能是少时的作品,也不会是晚年的创作,最适合的那只有是四十左右的中年时期。篇中关于年龄的叙述,处处都证实了这点。我们试把篇首“恐美人之迟暮”,篇中“老冉冉其将至兮”,篇末“及年岁之未晏兮,时亦其犹未央”等句综合起来,互相印证,就不难得出一个整体的理解:假如是三十以下的少年人,无论怎样多愁善感,也不会说出这样老声老气的话;但要把它作为五十以上的人的语气也不妥贴,因为那就谈不上“时亦其犹未央”了。屈原四十左右正是楚怀王的末期,当时楚国屡次兵败地削,怀王主张不定,楚国政府内部亲秦派和抗秦派之间的斗争非常剧烈。寻绎《离骚》文义和上述的时代背景,是完全吻合的。

本篇是屈原用血泪所凝成的生命挽歌,作品的波澜壮阔,气象万千,正反映了作者丰富而复杂的斗争生活,坚贞而炽烈的爱国心情,精神实质的内在联系,使得它成为天衣无缝,冠绝千古的名篇。可是后世读者的欣赏往往停留在音调的铿锵,词藻的瑰丽上面。甚至有人认为“古今文章无首尾者惟庄骚两家”。说它“哀乐之极,笑啼无端;笑啼之极,言语无端。”这种似是而非的十分抽象的模糊概念,其结果必然陷于不可知论。关于本篇的主题思想及其篇章结构除了上面分段说明外,还有以下几点:

第一,本篇以现实的火热斗争作为通篇的主题思想,它不但说明了屈原和贵族的腐化恶劣势力之间不可调和的矛盾,而且反映了他是怎样在残酷考验中战胜了自己思想里脆弱的一面,完成了他那种坚强的具有伟大悲剧意义的高尚人格。围绕着这一核心,层层深入。例如女媭、灵氛、巫咸三大段谈话,本身并非事实,只是表现屈原在现实斗争中曲折复杂的心理活动过程。他们同样是同情屈原的;可是他们的身份不同,表现在语气上的关切程度不同,而且论点也是各异的。女媭单纯从爱护屈原、关心屈原出发而说出娓娓动听的人情话,她只是劝屈原作明哲保身之计。处于这样黑暗的政治环境里,要想明哲保身是不容易的,那就只有消极逃避之一法;这正符合于战国时代盛行于南方的道家思想。灵氛回答屈原问卜之词,是为屈原的事业前途着想而提出的当时士的阶层社会意识的普遍诱惑。巫咸的语言表面仅仅是一篇不切实际的大道理,实质上则是以妥协代替斗争,为同流合污、苟合取容的作风和行为自己在思想上先找好一个防空洞。这正反映了屈原在思想上可能动摇的三个方面。对这,屈原都没有作正面的答复:听了女媭的谈话以后,借“就重华以陈词”从理论上予以否定;回答巫咸的则是从具体情况的分析来粉碎其客观现实的根据;灵氛的诱惑,虽然引起了他暂时的动摇,可是伟大的爱国热情终于使得这种诱惑完全破产;而屈原也就在思想斗争中终于取得最后的胜利。这样不但在表现手法上极尽变化之能事,而它主题的突出是如何的明朗而深刻!

第二,本篇在组织形式上一个最基本的特色,那就是现实的叙述和幻想的驰骋的互相交织;而这,又是被它的内容所决定的。诗篇一开始是从现实的叙述着手的,接着他就现实问题加以详尽的说明和反复的剖析,可是精神上仍然找不到自己的出路;于是丑恶的憎恨和光明的憧憬,就使得他那迷离恍惚的心情进入一种缥渺空灵的幻想境界,随着幻想的开展,扩张了作者忧愤的深度和广度,驰骋着人生的炽热爱恋与追求。可是这幻想是无法脱离现实的,这就决定了幻想最后的破灭,它终于不得不回到现实而结束全篇。本篇的结构,就是这样统一起来而达到完满的高度。

第三,尽管幻想和现实交织,全篇的线索是分明的。作为本篇的具体内容是屈原的自叙生平;而屈原的生平是和楚国客观形势密切联系着的。伴随楚国客观形势的不断变化,屈原所采取的态度是怎样呢?最初他满怀信心地提出"愿俟时乎吾将刈",可是现实不允许他实现他的理想,接着就是"延伫乎吾将反";然后是"吾将上下而求索";再次是"吾将远逝以自疏",而这都不可能,最后是"吾将从彭咸之所居"了。这五句所标明的是思想发展变化的五个过程,相互之间的内在关系是紧紧相联的,基本思想是一致的。这样就很自然地划清了文章的层次,更重要的是,引出了贯穿全篇的一条主要线索。从这一主要线索派生出来的其他各个方面的叙述亦莫不如此。例如:篇中以男女的爱恋象征理想的追求,始则曰,"吾将上下而求索";继则曰,"哀高丘之无女";继则曰,"相下女之可诒";继则曰,"闺中既以邃远兮";继则曰,"岂惟是其有女";继则曰,"聊浮游以求女"。又如用芬芳的服饰,比喻自己的好修,遣词用意,也都是前后一贯,脉络分明,自成体系的。

【全文赏析二】

宋代著名史学家、词人宋祁说:"《离骚》为知辞赋之祖,后人为之,如至方不能加矩,至圆不能过规。"这就是说,《离骚》不仅开辟了一个广阔的文学领

域,而且是中国诗赋方面永远不可企及的典范。

《离骚》作于楚怀王二十四、五年(前305、前304)屈原被放汉北后的两三年中。汉北其地即汉水在郢都以东折而东流一段的北面,现今天门、应城、京山、云梦县地,即汉北云梦。怀王十六年屈原因草拟宪令、主张变法和主张联齐抗秦,被内外反对力量合伙陷害,而去左徒之职。后来楚国接连在丹阳、蓝田大败于秦,才将屈原召回朝廷,任命其出使齐国。至怀王二十四年秦楚合婚,二十五年秦楚盟于黄棘,秦归还楚国上庸之地,屈原被放汉北。

汉北其地西北距楚故都鄢郢(今宜城)不远。《离骚》当是屈原到鄢郢拜

谒了先王之庙及公卿祠堂后所写。诗开头追述楚之远祖及屈氏太祖,末尾言"临睨旧乡"而不忍离去,中间又写到灵氛占卜、巫咸降神等情节,都和这个特定的创作环境有关。

《离骚》是一首充满激情的政治抒情诗,是一首现实主义与浪漫主义相结合的艺术杰作。诗中的一些片断情节反映着当时的历史事实。但表现上完全采用了浪漫主义的方法:不仅运用了神话、传说材料,也大量运用了比兴手法,以花草、禽鸟寄托情意,"以情为里,以物为表,抑郁沉怨"。而诗人采用的比喻象征中对喻体的调遣,又基于传统文化的底蕴,因而总给人以言有尽而意无穷之感。

由于诗人无比的忧愤和难以压抑的激情,全诗如大河之奔流,浩浩汤汤,不见端绪。但是,细心品味,无论诗情意境的设想,还是外部结构,都体现了诗人不凡的艺术匠心。

从构思上说,诗中写了两个世界:现实世界和由天界、神灵、往古人物以及人格化了的日、月、风、雷、鸾凤、鸟雀所组成的超现实世界。这超现实的虚幻世界是对现实世界表现上的一个补充。在人间见不到君王,到了天界也同样见不到天帝;在人间是"众皆竞进以贪婪",找不到志同道合者,到天上求女也同样一事无成。这同《聊斋志异》中《席方平》篇写阴间的作用有些相似。只是《席方平》中主人公是经过由人到鬼的变化才到另一个世界,而《离骚》中则是自由来往于天地之间。这种构思更适宜于表现抒情诗瞬息变化的激情。诗人设想的天界是在高空和传说中的神山昆仑之上,这是与从原始社会开始形成的一般意识和原型神话相一致的,所以显得十分自然,比起后世文学作品中通过死、梦、成仙到另一个世界的处理办法更具有神话的色彩,而没有宗教迷信的味道。诗人所展现的背景是广阔的,雄伟的,瑰丽的。其意境之美、之壮、之悲,是前无古人的。特别是诗人用了龙马的形象,作为由人间到天界,由天界到人间的工具。我国古代传说中的动物龙的原型之一即是神化的骏马。《周礼》中说"马八尺以上为龙",《吕氏春秋》说"马之美者,青龙之匹,遗风之乘"。在人间为马,一升空即为龙。本来只是地面与高空之分,而由于神骏变化所起的暗示作用,则高空便成了天界。诗人借助自己由人间到天上,由天上到人间的情节变化,形成了这首长诗内部结构上的大开大合。诗中所写片断的情节只是作为情感的载体,用以外化思想的斗争与情绪变化。然而这些情节却十分有效地避免了长篇抒情诗易流于空泛的弊病。

从外部结构言之,全诗分三大部分和一个礼辞。第一部分从开头至"虽体解吾犹未变兮,岂余心之可惩",自叙生平,并回顾了诗人在为现实崇高的政治理想不断自我完善、不断同环境斗争的心灵历程,以及惨遭失败后的情绪变化。这是他的思想处于最激烈的动荡之时的真实流露。从"女媭之婵媛兮,申申其詈予"至"怀朕情而不发兮,余焉能忍与此终古"为第二部分。其中写女媭对他的指责说明连亲人也不理解他,他的孤独是无与伦比的。由此引发出向重华陈辞的情节。这是由现实社会向幻想世界的一个过渡。然后是巡行天上。入天宫而不能,便上下求女,表现了诗人在政治上的努力挣扎与不断追求的顽强精神。从"索藑茅以筳篿兮"至"仆夫悲余马怀兮,蜷局顾而不行"为第三部分,表现了诗人在去留问题上的思想斗争,表现了对祖国的深厚感情,读之令人悲怆!末尾一小节为礼辞。"既莫足以为美政兮,吾将从彭咸之所居",虽文字不多,但表明诗人的爱国之情是与他的美政理想联系在一起的。这是全诗到高潮之后的画龙点睛之笔,用以收束全诗,使诗的主题进一步深化,使诗中表现的如长江大河的奔涌情感,显示出更为明确的流向。诗的第一部分用接近于现实主义的手法展现了诗人所处的环境和自己的历程。而后两部分则以色彩缤纷、波谲云诡的描写把读者带入一个幻想的境界。常常展现出无比广阔、无比神奇的场面。如果只有第一部分,虽然不能不说是一首饱含血泪的杰作,但还不能成为像目前这样的浪漫主义的不朽之作;而如只有后两部分而没有第一部分,那么诗的政治思想的底蕴就会薄一些,其主题之表现也不会像现在这样既含蓄,又明确;既朦胧,又深刻。

《离骚》为我们塑造了一个高大的抒情主人公形象。首先,他有着突出的外部形象的特征。"高余冠之岌岌兮,长余佩之陆离。""长顑颔亦何伤。"很多屈原的画像即使不写上"屈原"二字,人们也可以一眼认出是屈原,就是因为都依据了诗中这种具有特征性的描写。其次,他具有鲜明的思想性格。第一,他是一位进步的政治改革家,主张法治(“循绳墨而不颇”),主张举贤授能。第二,他主张美政,重视人民的利益和人民的作用(“皇天无私阿兮,览民德焉错辅”),反对统治者的荒淫暴虐和臣子的追逐私利(陈辞一段可见)。第三,他追求真理,坚强不屈(“亦余心之所善兮,虽九死其犹未悔”,“虽体解吾犹未变兮,岂余心之可惩”)。这个形象,是中华民族精神的集中体现,两千多年来给了无数仁人志士以品格与行为的示范,也给了他们以力量。

《离骚》的语言是相当美的。首先,大量运用了比喻象征的手法。如以采摘香草喻加强自身修养,佩带香草喻保持修洁等。但诗人的表现手段却比一般的比喻高明得多。如“制芰荷以为衣兮,集芙蓉以为裳。不吾知其亦已兮,苟余情其信芳。”第四句中的“芳”自然由“芰荷”“芙蓉”而来,是照应前两句的,但它又是用来形容“情”的。所以虽然没有用“如”“似”“若”之类字眼,也未加说明,却寓意自明。其次,运用了不少香花、香草的名称来象征性地表现政治的、思想意识方面的比较抽象的概念,不仅使作品含蓄,长于韵味,而且从直觉上增加了作品的色彩美。再次,全诗以四句为一节,每节中又由两个用“兮”字连接的若连若断的上下句组成,加上固定的偶句韵,使全诗一直在回环往复的旋律中进行,具有很强的节奏感。最后,运用了对偶的修辞手法,如“夕归次于穷石兮,朝濯发乎洧盘”;“苏粪壤以充帏兮,谓申椒其不芳”;“惟兹佩之可贵兮,委厥美而历兹”等,将“兮”字去掉,对偶之工与唐宋律诗对仗无异。

《离骚》不仅是中国文学的奇珍,也是世界文学的瑰宝。

【全文赏析三】

《离骚》是屈原作品中最长、最有代表性的一篇。文中反复申述作者远大的政治理想,诉说在政治斗争中所受的迫害,批判现实的黑暗,并借幻想境界的描绘,表达了自己对祖国的热爱之情,对理想的积极追求和对反动腐朽势力毫不妥协的斗争精神。

“离骚”,牢骚、牢愁,因“屈原放逐,乃赋《离骚》”。又云离骚为楚古曲名。作品中运用大量神话传说和奇妙的比喻,想象丰富,文采绚烂,是古代积极浪漫主义诗歌的典范。

《离骚》开篇前两段写出了作者家世显赫——帝高阳之苗裔。而他本人也气宇轩昂,才华横溢——扈江离与辟芷,纫秋兰以为佩。按理说,作为楚国贵族,又才压群贤,他应该“孤高傲世”,起码也可以碌碌享之。但他没有,他发出“恐年岁之不吾与”的心声,这就表明了其心路历程:路漫漫其修远兮,吾将上下而求索。这也是他为了国家兴盛矢志不渝的精神源泉。而“来吾道夫先路”一句更是掷地有声,表明了他以身铺路,忠君爱国的思想。虽然楚怀王那个昏君不值得他如此相待,我们也替他鸣不平,但屈原这种精神是值得世人学习的。

三段运用古今情况对比,说明楚君主亲小人远贤臣,以致国家的未来隐约可见——路幽昧以险隘。而他一片忠诚,一腔热血,奔走先后,指天为证。一系列君臣之态对比,烘托出两个大相径庭的形象。君主“不察余之中情,反信谗而斋怒”“黄昏以为期,羌中道而改路”。由此,我们不难看出,面对这样一个颠倒黑白、冥顽不灵的君主,屈原是如何地忧心重重又悲愤交加。

屈原是伟大的爱国主义浪漫主义诗人,这就说明其作品风格既磅礴大气又抑郁顿挫。后来的李白和杜甫都深受其影响,而李杜两种截然相反的诗风反过来证明屈原是兼而有之,这点在《离骚》中体现得非常明显。

如其从第九段开始一直到篇末都是脱离现实的想象,从天上到地上,人物繁多,意象纷呈。一方面表现自己美好的热烈的理想追求,一方面也是被现实沉重打击,被流放而心有不甘的痛苦。由此可见,屈原的浪漫主义也有被现实所迫的因素,借幻想以求某种慰藉。

与此同时,他的“长太息以掩泪涕,哀民生之多艰”又有现实主义意向,让人禁不住心中一恸。“余心之所善,虽九死犹未悔”“何方圆之能周”“伏清白以死直”等等又表现其不随波逐流,不屈于现实黑暗的志向和节操。一句“鸷鸟不群”更是孤标傲世,既表明自己清白之志向又蔑视了无耻小人。“苟不直,毋宁死”,何等的情操!

《离骚》中除了丰富的想象,另一大特色是比喻的大量运用。如三段"亲申椒与菌桂,岂维纫夫蕙茝",以植物品性作比,直指先帝与今主的治国、用人及结局的不同。四段"余既滋兰之九畹……哀众芳之芜秽",以花草为喻,将君子之节与小人之面刻画得鲜明深刻,又使文字不落俗套。再如"朝饮木兰之坠露兮,夕餐秋菊之落英",全然一派洒脱之情。"饮露餐英",如此清苦却仍不改直节不改坚贞,这不由得令人感叹:好一把清瘦骨头!但现实的羁绊,对国家兴亡的系念又让他无法真正超脱。他以马自喻,借以说明自己为人所牵累,不能贯彻主张——余虽好修以鞿羁兮,謇朝谇而夕替。早上进谏,晚上即被废除,这是怎样的愤懑呀!也难怪他以荷为衣裳,"不吾知其亦已,苟余情其信芳"。如此乱世,也只能托物以寄直洁了。

有人认为《离骚》第八段是全文最好的段落,是文章的亮点。屈原想象之辞固然华美富丽,极具意境美,但第八段全是现实比拟,从上古到夏周,以古喻今,以典论实,二百余字却包罗战国以前的兴衰史,涉及了舜、启、五子、寒浞子、殷纣等众多人物,大量用典却不显堆砌,反而丰富有力地论证了自己的观点,可谓古今兴亡,尽数道知。这也进一步证明了其才华。

虽然《离骚》是一部不朽的篇章,但我们也不能否认屈原篇中的"君为上""一心忠君"思想,在今天看来,这是一种"君为臣纲"的封建意识,但放在那个特定的历史环境中,我们便可以理解,也无从去批判他"愚忠"。毕竟封建社会从夏朝建立,到战国鼎盛,而屈原就生活在鼎盛时期。

据史而论,屈原是个几近完美的人,忠贞守节,坚持自我,才华横溢。其人格力量,即使在今天,也该被我们所学习。《离骚》是部优秀作品,而优秀作品的问世是离不开作者人格熏陶的。

卷二 九歌

东皇太一

【原文】

吉日兮辰良[1]，
穆将愉兮上皇[2]；
抚长剑兮玉珥[3]，
璆锵鸣兮琳琅[4]；

瑶席兮玉瑱[5]，
盍将把兮琼芳[6]；
蕙肴蒸兮兰藉[7]，
莫桂酒兮椒浆[8]；

扬枹兮拊鼓[9]，
疏缓节兮安歌[10]；
陈竽瑟兮浩倡[11]；

灵偃蹇兮姣服[12]，
芳菲菲[13]兮满堂；
五音兮繁会[14]，
君[15]欣欣兮乐康。

【注释】

①吉日:吉祥的日子。辰良:即良辰。

②穆:恭敬肃穆。愉:同“娱”,此处指娱神,使神灵愉快、欢乐。上皇:即东皇太一。

③珥:指剑柄上端像两耳突出的饰品。

④璆:形容玉石相悬击的样子。锵:象声词,此处指佩玉相碰撞而发出的声响。

⑤瑶席:珍贵华美的席垫。瑶,美玉。玉瑱:同“镇”,用玉做的压席器物。

⑥盍:同“合”,聚集在一起。琼芳:指赤玉般美丽的花朵。琼,赤色玉。

⑦蕙:香草名,兰科植物。肴蒸:大块的肉。藉:垫底用的东西。

⑧椒浆:用有香味的椒浸泡的美酒。

⑨枹:鼓槌。拊:敲击。

⑩安歌:歌声徐缓安详。

⑪陈:此处指乐器声大作。浩倡:倡同“唱”;浩倡指大声唱,气势浩荡。

⑫灵:楚人称神、巫为灵,这里指以歌舞娱神的群巫。偃蹇:指舞姿优美的样子。姣服:美丽的服饰。

⑬芳菲菲:香气浓郁的样子。

⑭五音:指宫、商、角、徵、羽五种音调。繁会:众音汇成一片,指齐奏。

⑮君:此处指东皇太一。

【译文】

吉祥日子好时辰,

恭敬肃穆娱上皇。

手抚长剑玉为环,

佩玉铿锵声清亮。

华贵坐席玉镇边，
满把香花吐芬芳。
蕙草裹肉兰为垫，
祭奠美酒飘桂香。

高举鼓槌把鼓敲，
节拍舒缓歌声响，
竽瑟齐奏乐音强。

群巫娇舞服饰美，
香气四溢香满堂。
众音齐会响四方，
上皇欢欣乐安康。

【赏析】

“东皇太一”为诸神中神位最高的神。这首诗描写的是一场古代祭礼的隆重场面。诗歌前四句描绘了这场祭礼的隆重性及其主祭者巫师的繁饰盛装。第五至第八句交代了摆在祭坛上的供物，表现出祭拜者的虔诚之意及典礼的规模之大。第九至十一句则写出了在祭礼上奏乐唱歌的三个过程，展现了祭礼的热烈气氛。最后四句写祭礼达到了高潮。全诗仅十五句，但却以特有的艺术手法极为成功地再现了一场具有原始气息的宗教祭典的全过程，表达了古代楚地人民虔诚的宗教感情及其企图通过娱神活动而获得安宁、幸福生活的愿望。

作为《九歌》的开首篇，《东皇太一》在全诗中有着特殊的地位与意义。虽然自东汉王逸以来，历代注家对东皇太一是天神的说法，并无歧异之见，然而它究竟是什么神,却众说纷纭。《文选》唐五臣注云:“太一,星名,天之尊神,祠在楚东,以配东帝,故云东皇。”认为东皇太一是东帝;洪兴祖《楚辞补注》与朱熹《楚辞集注》皆承袭其说,何焯《义门读书记》与马其昶《屈赋微》则认为是战神;闻一多又以为是伏羲;还有以为太乙、齐国上帝的,不一而足。

其实,“太一”在屈原时代并不是神,它在“东皇太一”中不可能充当神的称谓;而“东皇”,由于先秦时代的东——春对应等关系,表明了它乃是春神的指称。在没有更确凿材料发现之前,“东皇太一”应是春神的说法可以成立。至于“太一”,在这里的含义是始而又始,象征起始与开端。

诗一开首,先交代祭祀的时日——因是祭春神,故时日当在春天。选择春日的吉良时辰,人们准备恭恭敬敬地祭祀上皇——春神——东皇太一,让其愉悦地降临人世,给人间带来万物复苏、生命繁衍、生机勃发的新气象。主持祭祀的主祭者抚摸长剑上的玉珥,整饬好服饰,恭候春神降临。开头四句,简洁而又明了地写出了祭祀的时间与祭祀者们对春神的恭敬与虔诚。

继而描述了祭祀所必备的祭品:瑶席,玉瑱,欢迎春神的楚地芳草以及款待春神的佳肴美酒。这一切,配合着繁音急鼓、曼舞浩唱,告诉人们,春神将要降临了。整个祭祀气氛开始进入高潮。

末尾四句,是全诗的尾声,也是祭祀的高潮——春神于此时降临了。“偃蹇兮姣服”——是春神美妙动人的舞姿与外表,“芳菲菲兮满堂”——是春神带来的春的气息与氛围。欢迎祈盼的人们于是钟鼓齐奏、竽箫齐鸣,使欢乐气氛达到最高潮。末句“君欣欣兮乐康”,既是春神安康欣喜神态的直接描绘,也是祭祀的人们对春神降临所表露的欣喜心态。

全诗篇幅虽短,却层次清晰,描写生动,气氛热烈,给人一种既庄重又欢快的感觉,充分表达了人们对春神的敬重、欢迎与祈望,希望春神多多赐福人间,给人类的生命繁衍、农作物生长带来福音。

屈原以不同于《九歌》它篇的写法,在短小精悍的篇幅中,生动展现了祭神的整个过程和场面,给人留下了极其深刻的印象。

云中君

【原文】

浴兰汤①兮沐芳，
华采衣兮若英②。
灵连蜷兮既留③，
烂昭昭兮未央④。

謇将憺兮寿宫⑤，
与日月兮齐光。
龙驾兮帝服⑥，
聊翱游兮周章⑦。
灵⑧皇皇兮既降，
猋远举兮云中⑨。
览冀州兮有馀⑩，
横⑪四海兮焉穷。
思夫君兮太息⑫，
极劳心兮忡忡⑬。

【注释】

①兰汤：兰草浸入其中而带有香味的热水。此下四句为祭巫所唱。

②华：使之华丽。英：花朵。

③灵：灵子，有神灵附身的巫觋。连蜷：屈曲，此处指舞蹈时身体婀娜摆动的姿态。既留：已经留下来。

④烂：分散的光。昭昭：小光。央：尽。

⑤蹇:梗阻,停留。憺:安。寿宫:供神之处。此下四句扮云中君的巫所唱。

⑥服:章服,指车驾上所树旌旗。

⑦周章:周游。

⑧灵:此处指云中君。此下二句祭巫所唱。

⑨猋:龙卷风,此处用为形容词。举:起。

⑩览:看。冀州:古九州之一,此处代指中原大地,中国。此下二句云中君所唱。

⑪横:横布或横行。

⑫太息:叹息。此下二句祭巫所唱。

⑬劳心:忧心,伤心。忡忡:忧愁的样子。

【译文】

用兰汤沐浴带上一身芳香,
让衣服鲜艳多彩像花朵一样。
灵子盘旋起舞神灵仍然附身,
他身上不断地放出闪闪神光。

我将在寿宫逗留安乐宴享,
与太阳和月亮一样放射光芒。
乘驾龙车上插五方之帝的旌旗,
姑且在人间遨游观览四方。

辉煌的云神已经降临,
突然间像旋风一样升向云中。
俯览中原我目光及于九州之外,
横行四海我的踪迹无尽无穷。

思念你云神啊我只有叹息，

无比的愁思真让人忧心忡忡！

【赏析】

《云中君》是祭祀云神的歌舞辞。王逸《楚辞章句》题解说："云中君，云神丰隆也。一曰屏翳。"江陵天星观一号墓出土战国祭祀竹简有"云君"，显然是"云中君"的简称，可证云中君就是云神。或以为月神、雷神、云梦泽之神、云中郡神、高禖女神等，俱不可从。

《云中君》这篇诗是以主祭的巫同扮云神的巫对唱的形式，来颂扬云神，表现对云神的思慕之情。凭什么肯定是对唱的形式呢？首先，诗中说："灵皇皇兮既降"，"灵"指神。又说："灵连蜷兮既留。"《楚辞考异》曰："一本灵下有子字。"王逸注："楚人名巫为灵子。"《广雅·释诂三》之说同。则此"灵子"或"灵"指云神或云神附身的巫。那么，诗中两处说到"灵"的部分，一处称说"君"的句子，都是祭巫所唱。而诗中"蹇将憺兮寿宫"以下四句和"览冀州兮有馀"二句非祭巫所应言，则又是云中君的唱词无疑。其次，《九歌》中另外四篇祭天神之诗，除《东皇太一》兼有迎神的作用，另当别论外，其余《东君》《大司命》《少司命》也都是对唱的形式。

《九歌》的祭祀歌舞是在夜间借助于篝火或竹明、松明、灯光进行的，所以表现出一种神秘和恍惚迷离的气氛。

《云中君》一篇按韵可分为两章，每一章都是对唱。开头四句先是祭巫唱，说她用香汤洗浴了身子，穿上花团锦簇的衣服来迎神。灵子翩翩起舞，神灵尚未离去，身上隐隐放出神光。这是表现祭祀的虔诚和祭祀场面的。

"蹇将憺兮寿宫"以下四句为云中君所唱，表现出神的尊贵、排场与威严。由于群巫迎神、礼神、颂神，神乃安乐畅意、精神焕发、神采飞扬。"与日月兮齐光"六字，准确地道出了云的特征；就天空中而言，能同日月并列的唯有星和云，但星是在晴朗而没有日光时方能看见，如同时也没有月亮，则更见其明亮。惟云，是借日光而生辉，云团映日，放出银光，早晚霞光，散而成绮，所以说“与日月兮齐光”。这两句，上句是说明“神”的身份，下一句更表明“云神”的身份。“龙驾兮帝服”，是说出行至人间受享。“聊翱游兮周章”则表示不负人们祈祷祭祀之意，愿为了解下情。古人以为雨是云下的，云师有下雨的职责。故《周礼·大宗伯》有雨师而无云师，《九歌》有云师而无雨师。屏翳或以为云师，或以为雨师，也是这个原因。“屏”是遮蔽的意思。“翳”，《离骚》王逸注：“蔽也。”《广雅·释诂二》：“障也。”则“屏翳”之名实表示了同“览冀州兮有馀，横四海兮焉穷”一样的意思。周宣王祈雨之诗名曰《云汉》，贾谊悯旱之赋题曰《旱云》，俱可以看出古人对云和云神的看法。

祭巫唱“灵皇皇兮既降，猋远举兮云中”，乃是说祭享结束之后云中君远离而去。“皇皇”是神附在巫身上的标志。神灵降临结束之后，则如狂飙一般上升而去。这里是表现云神的威严与不凡。“览冀州兮有馀，横四海兮焉穷”，则是云神升到高空后因眼底所见而言，表现了云高覆九州、广被四海的特征。末尾二句，是祭巫表示对神灵离去的惆怅与思念，表现出对云神的依赖情绪。祭云神是为了下雨，希望云行雨施，风调雨顺。所以云神一离去，人们便怅然若失。《旱云赋》写云开始之时积聚给沓，互相连接，“若飞扬之纵横”，“正帷布而雷动”，结果却“终风解而霰散兮，陵迟而堵溃。或深潜而闭藏兮，争离而并逝。廓荡荡其若涤兮，日照照而无秽”。风吹云散，希望完全落空。赋的末尾说：“思念白云，肠如结兮。……白云何怨，奈何人兮！”表现了同《云中君》极相近的情感。由此可以看出，《云中君》对神的思念，只是表现人对云、对雨的企盼之情。

此篇无论人的唱词、神的唱词，都从不同角度表现出云神的特征，表现出人对云神的企盼、思念，与神对人礼敬的报答。一往情深，溢于言表。

湘君[1]

【原文】

君不行兮夷犹[2]，
蹇谁留兮中洲[3]？
美要眇兮宜修[4]，
沛吾乘兮桂舟[5]。
令沅、湘兮无波[6]，
使江水兮安流。
望夫[7]君兮未来，
吹参差[8]兮谁思？

驾飞龙兮北征[9]，
邅吾道兮洞庭[10]。
薜荔柏兮蕙绸[11]，
荪桡兮兰旌[12]。
望涔阳兮极浦[13]，
横大江兮扬灵[14]。
扬灵兮未极[15]，
女婵媛兮为余太息[16]！
横流涕兮潺湲[17]，
隐思君兮陫侧[18]。

桂棹兮兰枻[19]，
斫[20]冰兮积雪。

采薜荔兮水中,
搴芙蓉兮木末[21]。
心不同兮媒劳[22],
恩不甚兮轻绝[23]。
石濑兮浅浅[24],
飞龙兮翩翩[25]。
交[26]不忠兮怨长,
期不信兮告余以不间[27]。

朝骋骛兮江皋[28],
夕弭节兮北渚[29]。
鸟次[30]兮屋上,
水周[31]兮堂下。
捐余玦兮江中[32],
遗余佩兮澧浦[33]。
采芳洲兮杜若[34],
将以遗兮下女[35]。
时不可兮再得,
聊逍遥兮容与[36]。

【注释】

①湘君:湘水之神,男性。一说即巡视南方时死于苍梧的舜。

②君:指湘君。夷犹:迟疑不决。

③蹇:发语词。洲:水中陆地。

④要眇:美好的样子。宜修:恰到好处的修饰。

⑤沛:水大而急。桂舟:桂木制成的船。

⑥沅湘:沅水和湘水,都在湖南。无波:不起波浪。

⑦夫:语助词。

⑧参差:高低错落不齐,此指排箫,相传为舜所造。

⑨飞龙:雕有龙形的船只。北征:北行。

⑩邅:转变。洞庭:洞庭湖。

⑪薜荔:蔓生香草。柏:通"箔",帘子。蕙:香草名。绸:帷帐。

⑫荪:香草,即石菖蒲。桡:短桨。兰:兰草:旌:旗杆顶上的饰物。

⑬涔阳:在涔水北岸,洞庭湖西北。极浦:遥远的水边。

⑭横:横渡。扬灵:显扬精诚。一说即扬舲,扬帆前进。

⑮极:至,到达。

⑯女:侍女。婵媛:眷念多情的样子。

⑰横:横溢。潺湲:缓慢流动的样子。

⑱陫侧:即"悱恻",内心悲痛的样子。

⑲櫂:同"棹",长桨。枻:短桨。

⑳斫:砍。

㉑搴:拔取。芙蓉:荷花。木末:树梢。

㉒媒:媒人。劳:徒劳。

㉓甚:深厚。轻绝:轻易断绝。

㉔石濑:石上急流。浅浅:水流湍急的样子。

㉕翩翩:轻盈快疾的样子。

㉖交:交往。

㉗期:相约。不间:没有空闲。

㉘朝:同"朝",早晨。骋骛:急行。皋:水旁高地。

㉙弭:停止。节:策,马鞭。渚:水边。

㉚次:止息。

㉛周:周流。

㉜捐:抛弃。玦:环形玉佩。

㉝遗:留下。佩:佩饰。澧:澧水,在湖南,流入洞庭湖。

㉞芳洲:水中的芳草地。杜若:香草名。

㉟遗:赠予。下女:指身边侍女。

㊱聊:暂且。容与:舒缓放松的样子。

【译文】

湘神啊你不前来而犹豫,
是谁将你留在了洲中?
美丽无比打扮漂亮,
去寻找驾起我的桂木舟。
让沅水湘江安定无波,
使长江水静静奔流。
盼望那湘神久久不来,
我吹着排萧苦苦思念谁。

驾着龙舟向北进发,
我的道路转过洞庭。
薜荔装饰船舱蕙做帏帐,
荪做浆兰草做旗帜。
望涔阳直到水边。
往来大江抒发我的精诚。
抒发精诚未尽,
侍女心痛为我深深叹息。
涕泪横流潺湲而下,
忧伤思君缠绵悱恻。

桂木浆兰木舵,
划动江水如砍冰击雪。
如去水中摘采薜荔,

如到树梢寻找荷花。
心思不同媒人白费力，
情感不深随便就断绝关系。
水流迅急，
龙船翩翩。
交往不忠怨恨深，
自已失约却说没空闲。

早晨我驰骋于江边，
黄昏我已留在北渚。
只见到鸟儿停留屋顶，
水儿环绕堂下。
抛弃我的珏于江中，
遗弃我的佩于澧水边。
到芳香的洲去采来杜若，
准备把它送给一位美女。
时间一去不会复返，
暂且徘徊而等待时机。

【赏析】

在屈原根据楚地民间祭神曲创作的《九歌》中，《湘君》和《湘夫人》是两首最富生活情趣和浪漫色彩的作品。人们在欣赏和赞叹它们独特的南国风情和动人的艺术魅力时，却对湘君和湘夫人的实际身份迷惑不解，进行了长时间的探讨、争论。

从有关的先秦古籍来看，尽管《楚辞》的《远游》篇中提到“二女”和“湘灵”，《山海经·中山经》中说“洞庭之山……帝之二女居之，是常游于江渊”，但都没有像后来的注释把湘君指为南巡道死的舜、把湘夫人说成追赶他而溺死湘水的二妃娥皇和女英的迹象。最初把两者结合在一起的是《史记·秦始皇本纪》。书中记载秦始皇巡游至湘山(即今洞庭湖君山)时,"上问博士曰:'湘君何神?'博士对曰:'闻之,尧女,舜之妻,而葬此。'"后来刘向的《列女传》也说舜"二妃死于江、湘之间,俗谓之湘君"。这就明确指出湘君就是舜的两个妃子,但未涉及湘夫人。到了东汉王逸为《楚辞》作注时,鉴于二妃是女性,只适合于湘夫人,于是便把湘君另指为"湘水之神"。对于这种解释。唐代韩愈并不满意,他在《黄陵庙碑》中认为湘君是娥皇,因为是正妃故得称"君";女英是次妃,因称"夫人"。以后宋代洪兴祖《楚辞补注》、朱熹《楚辞集注》皆从其说。这一说法的优点在于把湘君和湘夫人分属两人,虽避免了以湘夫人兼指二妃的麻烦,但仍没有解决两人的性别差异,从而为诠释作品中显而易见的男女相恋之情留下了困难。有鉴于此,明末清初的王夫之在《楚辞通释》中采取了比较通脱的说法,即把湘君说成是湘水之神,把湘夫人说成是他的配偶,而不再拘泥于按舜与二妃的传说一一指实。应该说这样的理解,比较符合作品的实际,因而也比较可取。

虽然舜和二妃的传说给探求湘君和湘夫人的本事带来了不少难以自圆的穿凿附会,但是如果把这一传说在屈原创作《九歌》时已广为流传、传说与创作的地域完全吻合、《湘夫人》中又有"帝子"的字样很容易使人联想到尧之二女等等因素考虑在内,则传说的某些因子如舜与二妃漂泊山川、会合无由等,为作品所借鉴和吸取也并不是没有可能的。因此既注意到传说对作品可能产生的影响,又不拘泥于传说的具体人事,应该成为我们理解和欣赏这两篇作品的基点。

由此出发,不难看出作为祭神歌曲,《湘君》和《湘夫人》是一个前后相连的整体,甚至可以看作同一乐章的两个部分。这不仅是因为两篇作品都以"北渚"相同的地点暗中衔接,而且还由于它们的末段,内容和语意几乎完全相同,以至被认为是祭祀时歌咏者的合唱。

这首《湘君》由女神的扮演者演唱,表达了因男神未能如约前来而产生的失望、怀疑、哀伤、埋怨的复杂感情。第一段写美丽的湘夫人在作了一番精心的打扮后,乘着小船兴致勃勃地来到与湘君约会的地点,可是却不见湘君前来，于是在失望中抑郁地吹起了哀怨的排箫。首二句以问句出之，一上来就用心中的怀疑揭出爱而不见的事实，为整首歌的抒情作了明确的铺垫。以下两句说为了这次约会，她曾进行了认真的准备，把本已姣好的姿容修饰得恰到好处，然后才驾舟而来。这说明她十分看重这个见面的机会，内心对湘君充满了爱恋。正是在这种心理的支配下，她甚至虔诚地祈祷沅湘的江水风平浪静，能使湘君顺利赴约。然而久望之下，仍不见他到来，便只能吹起声声幽咽的排箫，来倾吐对湘君的无限思念。这一段的描述，让人看到了一幅望断秋水的佳人图。

第二段接写湘君久等不至，湘夫人便驾着轻舟向北往洞庭湖去寻找，忙碌地奔波在湖中江岸，结果依然不见湘君的踪影。作品在这里把对湘夫人四处寻找的行程和她的内心感受紧密地结合在一起。你看她先是驾着龙舟北出湘浦，转道洞庭，这时她显然对找到湘君满怀希望；可是除了眼前浩渺的湖水和装饰精美的小船外，一无所见；她失望之余仍不甘心，于是放眼远眺涔阳，企盼能捕捉到湘君的行踪；然而这一切都毫无结果，她的心灵便再次横越大江，遍寻沅湘一带的广大水域，最终还是没有找到。如此深情的企盼和如此执着的追求，使得身边的侍女也为她叹息起来。正是旁人的这种叹息，深深地触动和刺激了湘夫人，把翻滚在她内心的感情波澜一下子推向了汹涌澎湃的高潮，使她止不住泪水纵横，一想起湘君的失约就心中阵阵作痛。

第三段主要是失望至极的怨恨之情的直接宣泄。首二句写湘夫人经多方努力不见湘君之后，仍漫无目的地泛舟水中，那如划开冰雪的船桨虽然还在摆动，但给人的感觉只是她行动的迟缓沉重和机械重复。接着用在水中摘采薜荔和树上收取芙蓉的比喻，既总结以上追求不过是一种徒劳而已，同时也为后面对湘君“心不同”“恩不甚”“交不忠”“期不信”的一连串斥责和埋怨起兴。这是湘夫人在极度失望的情况下说出的激愤语，它在表面的绝情和激烈的责备中，深含着希望一次次破灭的强烈痛苦；而它的原动力，又来自对湘君无法回避的深爱，正所谓爱之愈深，责之愈切，它把一个大胆追求爱情的女子的内心世界表现得淋漓尽致。

第四段可分二层。前四句为第一层，补叙出湘夫人浮湖横江从早到晚的时间，并再次强调当她兜了一大圈仍回到约会地“北渚”时，还是没有见到湘君。从“捐余玦”至末为第二层，也是整首乐曲的卒章。把玉环抛入江中。把佩饰留在岸边，是湘夫人在过激情绪支配下做出的过激行动。以常理推测，这玉环和佩饰当是湘君给她的定情之物。现在他既然不念前情，一再失约，那么这些代表爱慕和忠贞的信物又留着何用，不如把它们抛弃算了。这一举动，也是上述四个“不”字的必然结果。读到这里，人们同情惋惜之余，还不免多有遗憾。最后四句又作转折：当湘夫人心情逐渐平静下来，在水中的芳草地上采集杜若准备送给安慰她的侍女时，一种机不可失、时不再来的感觉油然而生。于是她决定“风物长宜放眼量”，从长计议，松弛一下绷紧的心弦，慢慢等待。这样的结尾使整个故事和全首歌曲都余音袅袅，并与篇首的疑问遥相呼应，同样给人留下了想象的悬念。

湘夫人[①]

【原文】

帝子[②]降兮北渚，
目眇眇兮愁予[③]。
嫋嫋[④]兮秋风，
洞庭[⑤]波兮木叶下。
登白薠兮骋望[⑥]，
与佳期兮夕张[⑦]。
鸟萃兮蘋中[⑧]？
罾[⑨]何为兮木上？

沅有茝兮澧有兰[⑩]，

思公子[11]兮未敢言。
荒忽[12]兮远望，
观流水兮潺湲[13]。
麋[14]何食兮庭中？
蛟何为兮水裔[15]？
朝驰余马兮江皋[16]，
夕济兮西澨[17]。
闻佳人兮召予，
将腾驾兮偕逝[18]。

筑室兮水中，
葺之兮荷盖[19]。
荪壁兮紫坛[20]，
匊芳椒兮成堂[21]。
桂栋兮兰橑[22]，
辛夷楣兮药房[23]。
罔薜荔兮为帷[24]，
擗蕙櫋兮既张[25]。
白玉兮为镇[26]，
疏石兰兮为芳[27]。
芷葺兮荷屋[28]，
缭之兮杜衡[29]。
合百草兮实庭[30]，
建芳馨兮庑门[31]。
九嶷缤兮并迎[32]，
灵之来兮如云[33]。

捐余袂[34]兮江中，

遗余褋兮澧浦[35]。

搴汀洲兮杜若[36]，

将以遗[37]兮远者。

时不可兮骤[38]得，

聊逍遥兮容与。

【注释】

①湘夫人：湘水之神，女性。一说即舜二妃娥皇和女英。

②帝子：犹天帝之子。因舜妃是帝尧之女，故称。

③眇眇：望而不见的样子。愁予：使我发愁。

④嫋嫋：绵长不绝的样子。

⑤洞庭：洞庭湖。

⑥登：此字据《楚辞补注》引一本补。白薠：一种近水生的秋草，或谓乃"蘋"之误。骋望：放眼远眺。

⑦佳期：与佳人的约会。张：陈设。

⑧何：此字据《楚辞补注》引一本补。萃：集聚。蘋：水草名。

⑨罾：鱼网。

⑩沅、澧：沅水和澧水，均在湖南。醴，《楚辞补注》引一本作澧，下同。芷：即白芷，一种香草。

⑪公子：指湘夫人。

⑫荒忽：犹"恍惚"，迷糊不清的样子。

⑬潺湲：水缓慢流动的样子。

⑭麋：一种似鹿而大的动物，俗称"四不象"。

⑮蛟：传说中的龙类动物。裔：边沿。

⑯皋：水边高地。

⑰济：渡。澨：水边。

⑱腾驾：驾着马车奔驰。偕逝：同往。

⑲葺:编结覆盖。盖:指屋顶。

⑳荪:香草名。紫:紫贝。坛:中庭,楚地方言。

㉑椒:花椒,多用以除虫去味。成:借作"盛"。

㉒栋:屋梁。橑:屋椽。

㉓辛夷:香木名。楣:门上横梁。药:即白芷。

㉔罔:同"网",编结。薜荔:一种蔓生香草。帷:幕帐。

㉕擗:掰开。櫋:檐间木。

㉖镇:镇压坐席之物。

㉗疏:分列。石兰:香草名。

㉘芷:白芷。荷屋:荷叶覆顶的房屋。

㉙缭:缠缭。杜衡:香草名。

㉚合:会集。实:充实。

㉛馨:远传的香气。庑:走廊。

㉜九嶷:湖南九嶷山,即传说中舜的葬地。缤:众多纷杂的样子。

㉝灵:神灵。如云:形容众多。

㉞袂:扬雄《方言》释为"复襦",也就是夹袄。高亨《诗经今注》以为系"袂"的传写之误,作佩囊解。

㉟遗:丢下。褋:单衣。

㊱搴:摘取。汀洲:水中或水边平地。杜若:香草名。

㊲遗:赠送。

㊳骤:骤然,立即。

【译文】

美丽的公主快降临北岸,

我已忧愁满怀望眼欲穿。

凉爽的秋风阵阵吹来,

洞庭湖波浪翻涌树叶飘旋。

登上长着白薠的高地远望，
与她定好约会准备晚宴。
为何鸟儿聚集在水草间，
为何渔网悬挂在大树颠？

沅水有白芷澧水有幽兰，
眷念公主却不敢明言。
放眼展望一片空阔苍茫，
只见清澈的流水潺潺。
为何山林中的麋鹿觅食庭院，
为何深渊里的蛟龙搁浅水边？
早晨我骑马在江边奔驰，
傍晚就渡水到了西岸。
好像听到美人把我召唤，
多想立刻驾车与她一起向前。

在水中建座别致的宫室，
上面用荷叶覆盖遮掩。
用香荪抹墙紫贝装饰中庭，
厅堂上把香椒粉撒满。
用玉桂作梁木兰为椽，
辛夷制成门楣白芷点缀房间。
编织好薜荔做个帐子，
再把蕙草张挂在屋檐。
拿来白玉镇压坐席，
摆开石兰芳香四散。
白芷修葺的荷叶屋顶，
有杜衡草缠绕四边。

汇集百草摆满整个庭院，
让门廊之间香气弥漫。
九嶷山的众神一起相迎，
神灵的到来就像云朵满天。

把我的夹袄投入湘江之中，
把我的单衣留在澧水之滨。
在水中的绿洲采来杜若，
要把它送给远方的恋人。
欢乐的时光难以马上得到，
暂且放慢步子松弛心神。

【赏析一】

读《湘夫人》，我们可以想象出这样的情景：湘君迎候湘夫人于洞庭始波，木叶飘零之时，但可望而不可及。他筑芳香宫室于水中，以待湘夫人之来临，然而始终未能相见，只能饮恨终身。《诗经》有："所谓伊人，在水一方，溯洄从之，道阻且长；溯游从之，宛在水中央。"写怀人不得之情，凄迷哀慕之感，令人嗟叹惆怅难已。《湘夫人》中写湘君待湘夫人而不至之怀恋怨慕之情，同样凄艳哀恻，令人感慨。爱而不见，怎一个"愁"字了得。筑室水中，容与江滨，湘君之期望和失望，正与《湘君》中湘夫人之深情相互映衬。寸心难表，两情不通，会合无缘，生离死别，自是古来恨事，又岂止儿女旖旎之情！

"袅袅兮秋风，洞庭波兮木叶下"，写景如画，仿佛一幅秋风图。千古以下，湘湖洞庭秋景如在目前，作者妙在以可见之水波、木叶，写出不可见之袅袅秋风，写风而有画意。以水画风之理，李善注《文选》"物色"类时云："有物有文曰色，风虽无正色，然亦有声。《诗·注》云'风行水上曰漪'。《易》曰：'风行水上曰涣。'涣然，即有文章也。"苏洵《仲兄郎中字序》："荡乎其无形，飘乎其远来，既往而不知其迹之所存者，是风也，而水实形之"；朱翌更云：

"风本无形不可画,遇水方能显其质。画工画水不画风,水外见风称妙笔。"。以树形风,更是古诗惯技:"柳枝西出叶向东,此非画柳实画风。""庭前时有东风入,杨柳千条尽向西"。此赋中写风之名,水木皆及,而又显得萧散清空,实高于后人,谢庄《月赋》本之,直接用为:"洞庭始波,木叶微脱。"极好地烘托了月夜之境。《湘夫人》此二名之妙,还在以景写情。刘熙载云:"叙物以方情谓之赋,余谓《楚辞·九歌》最得诀。如'袅袅兮秋风,洞庭波兮木叶下',是写出'目眇眇兮愁予'来;'荒忽兮远望,观流水兮潺湲',正是写出'思公子兮未敢言'来,俱有'目击道存,不可容声'之意。"

鸟萃苹中,罾在木上,与麋食庭中,蛟在水裔,这种以反常之事为喻之法,在《楚辞》中很常见。如《湘君》中言:"采薜荔兮水中,搴芙蓉兮木末"《卜居》则云:"世混浊而不清,蝉翼为重,千钧为轻。"而情诗以反常不可能之事为喻,在中外诗歌中都是常法,所谓"山无陵,江水为竭,冬雷震震,夏雨雪"之类,均是其例。

【赏析二】

作为《湘君》的姊妹篇,《湘夫人》由男神的扮演者演唱,表达了赴约的湘君来到约会地北渚,却不见湘夫人的惆怅和迷惘。

如果把这两首祭神曲联系起来看,那么这首《湘夫人》所写的情事,正发生在湘夫人久等湘君不至而北出湘浦、转道洞庭之时。因此当晚到的湘君抵达约会地北渚时,自然难以见到他的心上人了。作品即由此落笔,与《湘君》的情节紧密配合。

首句"帝子降兮北渚"较为费解。"帝子"历来解作天帝之女,后又附会作尧之二女,但毫无疑问是指湘水女神。一般都把这句说成是帝子已降临北渚,即由《湘君》中的"夕弭节兮北渚"而来;但这样便与整篇所写湘君盼她前来而不见的内容扞格难合。于是有人把这句解释成湘君的邀请语,这样文义就比较顺畅了。

歌辞的第一段写湘君带着虔诚的期盼,久久徘徊在洞庭湖的山岸,渴望湘夫人的到来。这是一个环境气氛都十分耐人寻味的画面:凉爽的秋风不断吹来,洞庭湖中水波泛起,岸上树叶飘落。望断秋水、不见伊人的湘君搔首踟蹰,一会儿登临送目,一会儿张罗陈设,可是事与愿违,直到黄昏时分仍不见湘夫人前来。这种情形经以"鸟何萃兮蘋中,罾何为兮木上"的反常现象作比兴,就更突出了充溢于人物内心的失望和困惑,大有所求不得、徒劳无益的意味。而其中"嫋嫋兮秋风,洞庭波兮木叶下"更是写景的名句,对渲染气氛和心境都极有效果,因而深得后代诗人的赏识。

第二段在此基础上,进一步深化湘君的渴望之情。以水边泽畔的香草兴起对伊人的默默思念,又以流水的缓缓而流暗示远望中时光的流逝,是先秦诗歌典型的艺术手法,其好处在于人物相感、情景合一,具有很强的感染力。以下麋食中庭和蛟滞水边又是两个反常现象,与前文对鸟和网的描写同样属于带有隐喻性的比兴,再次强调爱而不见的事愿相违。接着与湘夫人一样。他在久等不至的焦虑中,也从早到晚骑马去寻找,其结果则与湘夫人稍有不同:他在急切的求觅中,忽然产生了听到佳人召唤、并与她一起乘车而去的幻觉。于是作品有了以下最富想象力和浪漫色彩的一笔。

第三段纯粹是湘君幻想中与湘夫人如愿相会的情景。这是一个令人目不暇接、眼花缭乱的神奇世界:建在水中央的庭堂都用奇花异草香木构筑修饰。其色彩之缤纷、香味之浓烈,堪称无与伦比。作品在这里一口气罗列了荷、荪、椒、桂、兰、辛夷、药、薜荔、蕙、石兰、芷、杜衡等十多种植物,来极力表现相会处的华美艳丽。其目的,则全在于以流光溢彩的外部环境来烘托和反映充溢于人物内心的欢乐和幸福。因此当九嶷山的众神来把湘君的恋人接走时,他才恍然大悟,从这如梦幻般的美境中惊醒,重新陷入相思的痛苦之中。

最后一段与《湘君》结尾不仅句数相同,而且句式也完全一样。湘君在绝望之余,也像湘夫人那样情绪激动,向江中和岸边抛弃了对方的赠礼,但表面的决绝却无法抑制内心的相恋。他最终同样恢复了平静,打算在耐心的等待和期盼中,走完相恋相思这段好事多磨的心路历程。他在汀洲上采来芳香的杜若,准备把它赠送给远来的湘夫人。

综上所述,《湘君》和《湘夫人》是由一次约会在时间上的误差而引出的两个悲剧，但合起来又是一幕两情相悦、忠贞不渝的喜剧。说它们是悲剧，是因为赴约的双方都错过了相会的时间，彼此都因相思不见而难以自拔，心灵和感情遭受了长时间痛苦的煎熬；说它们是喜剧，是由于男女双方的相恋真诚深挚，尽管稍有挫折，但都没有放弃追求和期盼，所以圆满结局的出现只是时间问题。当他们在耐心平静的相互等待之后终于相见时，这场因先来后到而产生的误会和烦恼必然会在顷刻间烟消云散，迎接他们的将是湘君在幻觉中所感受的那种欢乐和幸福。

这两篇作品一写女子的爱慕，一写男子的相思，所取角度不同，所抒情意却同样缠绵悱恻；加之作品对民间情歌直白的抒情方式的吸取和对传统比兴手法的运用，更加强了它们的艺术感染力。因此尽管这种热烈大胆、真诚执着的爱情被包裹在宗教仪式的外壳中，但它本身所具有强大的生命内核，却经久不息地释放出无限的能量，让历代的读者和作者都能从中不断获取不畏艰难、不息地追求理想和爱情的巨大动力。这可以从无数篇后代作品都深受其影响的历史中，得到最好的印证。

【赏析三】

《湘夫人》是《楚辞 · 九歌》组诗十一首之一。一般认为，湘夫人是湘水女性之神，与湘水男性之神湘君是配偶神。湘水是楚国境内所独有的最大河流。湘君、湘夫人这对神祇反映了原始初民崇拜自然神灵的一种意识形态和“神人恋爱”的构想。楚国民间文艺，有着浓厚的宗教气氛，祭坛实际上就是“剧坛”或“文坛”。以《湘君》和《湘夫人》为例：人们在祭湘君时，以女性的歌者或祭者扮演角色迎接湘君；祭湘夫人时，以男性的歌者或祭者扮演角色迎接湘夫人，各致以爱慕之深情。他们借神为对象，寄托人间纯朴真挚的爱情；同时也反映楚国人民与自然界的和谐。因为纵灌南楚的湘水与楚国人民有着血肉相连的关系，她像慈爱的母亲，哺育着楚国世世代代的人民。人们对湘水寄予深切的爱，把湘水视为爱之河，幸福之河，进而把湘水的描写人格化。神的形象也和人一样演出悲欢离合的故事，人民意念中的神，也就具体地罩上了历史传说人物的影子。湘君和湘夫人就是以舜与二妃(娥皇、女英)的传说为原型的。这样一来,神的形象不仅更为丰富生动,也更能与现实生活中的人在情感上靠近,使人感到亲切可近,富有人情味。

诗题虽为《湘夫人》,但诗中的主人公却是湘君。这首诗的主题主要是描写相恋者生死契阔、会合无缘。作品始终以候人不来为线索,在怅惘中向对方表示深长的怨望,但彼此之间的爱情始终不渝则是一致的。

《湘夫人》是一首很有特色的爱情诗。以景现情,寓情于景,可以说是这首诗的一大特色。《湘夫人》的景物描写十分成功。它不是为写景而写景,而是与主人公的心理活动相映衬,即情感的流动与外在形式同步。诗人将湘君与湘夫人约会的地点放在湘水一带,时间又是在秋天。整个画面是秋天水上景色。这就为诗中主人公提供了抒发相思愁苦的自然环境。在湘君的心口中,以为"帝子降兮北渚"——湘夫人曾经在约会的地点(北洲)等待过自己。然而当他到来时湘夫人已经离开了。他望穿秋水也不见对方影子,心中忧伤万分。"目眇眇兮愁予"中的"愁"顿时在此环境中触发。"嫋嫋兮秋风,洞庭波兮木叶下。"是进一步借秋景来渲染、扩散和深化这相约未见的愁情。主人公不见心爱的佳人到来,自极想会见到没有会见,中间的心理落差非常之大,有一种沉重的失落感。主人公的情绪体验染上了某种色彩,于是构成一种审美心境。这时,在湘君的眼中,尽是令人黯然神伤的凄凉景色:秋风瑟瑟,似乎凉意渗透心间;落叶纷纷,犹如一颗沉重的心渐渐下沉;微波荡漾,犹若"心波"起伏。湘君面对这烟波浩渺的洞庭湖,心事茫然,愁绪四溢。情与景,水乳交融,把读者带入一个美妙的意境。

起先湘君因为没有见到对方而心中忧伤,但他心中还是抱着希望,也许等一会儿还会来的,于是在傍晚作好迎接的准备,不断地朝远处眺望。这也是符合人物心理活动的。"登白薠"二句就是写这种心理的。他再等仍不见湘夫人到来,心绪必然越来越糟糕。这时正值傍晚,鸟儿归巢、渔人收网的景象使他想到自身的处境,更感失约后的孤独和苦恼。在对比中产生联想,在联想中把现实的景物扭曲为假想景象,原先看到的景象发生变形:"鸟何""麋何""罾何""蛟何"四句,就是主人公在极度懊丧的心情下出现的假象——扭曲了的景象。"荒忽兮远望"正说明他精神恍惚,因而产生与现实景物完全颠倒的幻象。这种现象的发生,既是复杂的心理现象,又是合理的心理流程。等他清醒过来时,仍不死心,又骑马渡江到西岸去耐心地等待。一旦听说湘夫人“召予”,喜不自胜,忙着做迎接湘夫人的一切准备。以下一系列环境描写,都洋溢着惊喜欢快的气氛,似乎幸福美满的生活在等待着他。主人公的心情与周围环境的描写又都转为明丽欢快,情与景协调得非常自然。忧伤痛苦转而为喜气洋洋,这正是将现实中没有实现的事寄托于幻想中。

层次重叠交叉,又能一以贯之。这首诗在结构上也颇具特色,它以湘君赴约不遇时的情感活动作为中心线索,把景物变化、人物活动都串连起来,既有曲折起伏,又能融会贯通。

从情感的结构角度看,这首诗是以“召唤方式”呼应“期待视野”。《湘夫人》既然是迎神曲,必然是以召唤的方式祈求神灵降临。全诗以召唤湘夫人到来作为出发点,以期待的心理贯穿其中。诗的前半段主要写湘君思念湘夫人时那种望而不见、遇而无缘的期待心情。中间经历了忧伤、懊丧、追悔、恍惚等情感波动。这些都是因期待而落空所产生的情绪波动。诗的后半段是写湘君得知湘夫人应约即将到来的消息后,喜出望外,在有缘相见而又未相见的期待心情中忙碌着新婚前的准备事宜。诗的末尾,湘夫人才出现,召唤的目的达到,使前面一系列的期待性的描写与此呼应。实际上,后半段的描写不过是湘君的幻想境界。出现这种幻象境界,也是由于期待心切的缘故。整首诗对期待过程的描写,有开端,有矛盾,有发展,有高潮,有低潮,有平息。意识线路清晰可见。

这首诗还有着明暗对应的双层结构方式。主人公情感的表现,有明有暗,明暗结合。抒情对象既可实指,又有象征性。在描写实境时,主人公的情感是表层性的,意旨明朗,指事明确,语言明快,情感色泽清晰,高低起伏,强弱大小,都呈透明状态。如诗的后半段写筑室建堂、美饰洞房、装饰门面、迎接宾客的场面,就属于表层性的,即明写。从“筑室兮水中”至“疏石兮为芳”,是从外到里、由大到小;从“芷葺兮荷屋”至“建芳馨兮庑门”,又由里到外。线路清楚,事实明白,情感的宣泄是外露的,是直抒胸臆的方式,淋漓酣畅,无拘无束,少含蓄,情感的流动与外在形式同步。

从深层结构看,这首诗又有着寓情于景的表情法。景物不是原来的样子,如“鸟何”“罾何”“麋何”“蛟何”等句;或是带上感情色彩的景物,如秋风、秋水、秋叶的描写。情感的流动较蕴藉、含蓄、深沉,如海底暗流,不易发觉。因此需要通过表层意象加以领会。

这种双层结构,明暗对应,相辅相成,构成一种情景交融的境界。这种结构的优点是:可以增大情感的容量,使情感的表现呈立体状。

另外,全诗所描写的对象和运用的语言,都是楚化了的,具有鲜明的楚国地方特色。诸如沅水、湘水、澧水、洞庭湖、白芷、白蘋、薜荔、杜蘅、辛夷、桂、蕙、荷、麋、鸟、白玉等自然界的山水、动物、植物和矿物,更有那楚地的民情风俗、神话传说、特有的浪漫色彩、宗教气氛等,无不具有楚地的鲜明特色。诗中所构想的房屋建筑、陈设布置,极富特色,都是立足于楚地的天然环境、社会风尚和文化心理结构这个土壤上的,否则是不可能作此构想的。

语言上也有楚化的特点。楚辞中使用了大量的方言俗语,《湘夫人》也不例外,如“搴”“袂”“褋”等。最突出的是“兮”字的大量运用——全诗每句都有一个“兮”字。这个语气词相当于今天所说的“啊”字。它的作用就在于调整音节,加大语意、语气的转折、跳跃,增强语言的表现力。《湘夫人》以方言为主,兼有五七言。句式变化灵活。这种“骚体”诗,是继《诗经》后新出现的自由诗,在我国古代诗歌发展史上是一次了不起的创新。

大司命

【原文】

广开兮天门[①],
纷吾乘兮玄云[②]。
令飘风[③]兮先驱,
使涷雨[④]兮洒尘。

君[5]回翔兮以下，
踰空桑兮从女[6]。
纷总总[7]兮九州，
何寿夭兮在予[8]！

高飞兮安翔，
乘清气兮御阴阳[9]。
吾与君兮齐速[10]，
导帝之兮九坑[11]。

灵衣兮被被[12]，
玉佩兮陆离[13]。
壹阴兮壹阳[14]，
众莫知兮余所为。

折疏麻兮瑶华[15]，
将以遗兮离居[16]。
老冉冉兮既极[17]，
不寖[18]近兮愈疏。

乘龙兮辚辚[19]，
高驼[20]兮冲天。
结桂枝兮延伫[21]，
羌[22]愈思兮愁人。

愁人兮奈何！
愿若今兮无亏[23]。

固人命兮有当[24]，

孰离合兮何为[25]？

【注释】

①广开：大开。天门：上帝所居紫微宫门。按，以下四节为扮大司命的神户所唱。

②纷：多。吾：大司命自谓。玄云：黑云。乘玄云即以玄云为车，犹云乘云车。汉《郊祀歌》：“灵之车，结玄云。”

③飘风：大旋风。

④涑雨：暴雨。

⑤君：指少司命。祭祀女巫以少司命的口吻迎神、娱神。

⑥空桑：山名。据《吕氏春秋》所载，有娀氏女得婴儿于空桑，即后来之伊尹。其地在赵代间。空桑同主管婴儿之少司命有关，故大司命这样说。女：汝。

⑦纷总总：众多的样子，指九州之人。

⑧寿：长寿。夭：早亡。予：我。

⑨清气：天空中的元气，也称作“精气”。阴阳：阴阳二气，此处兼及阴阳变化而言。

⑩吾：大司命自谓。君：指少司命。齐：原作“斋”，朱熹《楚辞集注》作“齐”，今据改。齐速，严肃地快步走，也叫“趋”，为恭谨之貌。

⑪导：引导。之：到。帝：天帝。九坑：当即《左传·昭公十一年》说的冈山，楚人曾祭天于冈山。“坑”同“阬”，一本作“阬”，即古“冈”字。

⑫灵：《北堂书钞》等所引作“云”，二字繁体同为雨字头，相近致误。云衣，以云霞为衣。被被：衣长的样子。

⑬陆离：长的样子。

⑭壹阴兮壹阳：指万物生成之理。《周易·系辞上》：“阴阳不测之谓神。”正义：“天下万物，皆由阴阳。或生或成，本其所由之理，不可测量之谓

神也。”

⑮疏麻：升麻（王逸称为“神麻”，神、升声近）。麻的秆茎折而皮连，有藕断丝连之意。按，此下三节为女巫以少司命口吻娱神所唱。

⑯遗：赠。离居：本来亲近而现在分离的人。

⑰冉冉：渐渐地。极：至。

⑱寖：同“浸”，渐。

⑲辚辚：车声。

⑳驼：同“驰”。

㉑延伫：“伫”借为“佇”。延望，远望。

㉒羌：何为。

㉓若今：像今天一样。亏：亏损。

㉔固：本来。当：当然，本来的样子。

㉕孰：谁。为：作为，起作用。

【译文】

大大地打开天宫的大门，
我乘驾起一团团连接的黑云。
命令旋风在前面开路，
指使暴雨洗净空中的飞尘。

少司命你在空中盘旋降临，
我越过空桑山将你紧跟。
密麻麻九州的黎民子姓，
谁长寿谁夭亡全由我定。

我安闲地高高飞翔，
乘着清明之气驾御阴阳。

我与你恭谨地在前趋走，
引天帝直到达九冈山上。

云彩的衣裳长长地飘动，
腰间的玉佩叮叮当当。
凭借着万物阴阳生成之理，
谁也不知道我的作为职掌。

折下茎断丝连的疏麻白花，
将它赠给离居者聊表思念。
垂暮之年已渐渐地来到，
不能再亲近反而更加疏远。

驾起龙来云车隆隆，
高高地奔驰冲向天空。
我编结着桂树枝条远望，
为什么越思念越忧心忡忡。

令人忧愁的思绪摆脱不清，
但愿像今天这样不失礼敬。
人的寿命本来就各有短长，
谁又能消除悲欢离合之恨？

【赏析】

《大司命》是祭大司命之神的歌舞辞。王夫之《楚辞通释》说："大司命统司人之生死，而少司命则司人子嗣之有无。以其所司者婴稚，故曰少；大，则统摄之辞也。"其说甚是。篇中大司命唱词曰"何寿夭兮在予"，已说得明明白白。“大司命”“司命”早见于金文、楚简。《齐侯壶》:“辞誓于大辞命,用两璧、两壶、八鼎。”江陵望山一号墓出土竹简上有“大水、句土、司命”;江陵天星观一号墓出土竹简上有“司命”“司祸”“地宇”“云君”“大水”“东城夫人”等,皆楚人所祀。

《大司命》和《少司命》都表现出恋爱的意思。人类在进入男权社会以后,除个别由原始社会遗留下来的神(如女娲、西王母),及同妇女有直接关系的神祇(如送子娘娘)之外,其余都是男性的。所以,按常情大司命是男性神。诗中大司命唱词中表现出的那种威灵显赫、声震八荒的气概,也证明是男性神。司子嗣的少司命则是女性神。清陈本礼《屈辞精义》云:“前《湘君》《湘夫人》两篇章法蝉递而下,分为两篇,合之实为一篇也。此篇《大司命》《少司命》两篇并序,则合传之体也。”则大司命、少司命应是一对,相互间有爱恋之情。在儒生和礼官看来,神是庄严神圣的,广大人民群众却只能根据自己的生活去设想神。所以朱熹《楚辞辩证上》云:“楚俗祠祭之歌,今不可得而闻矣。然计其间,或以阴巫下阳鬼,或以阳主接阴鬼,则其辞之亵慢荒淫,当有不可道者。”《集注》在《湘君》篇下题解云:“此篇盖为男主事阴神之词,故其情意曲折尤多。”《大司命》篇中的对唱,是充当大司命的灵子同娱神的女巫的对唱,而女巫则是以少司命的口吻来表情达意的,只是当时神灵不附身而已。

此诗第一节四句为扮大司命的巫所唱,一看便知。其自称“吾”,与第三节“吾与君兮齐速”一致,则第三节也应是大司命所唱。此句中称对方为“君”,则第二节“君回翔兮以下”也应是大司命所唱。同时,这几节中“纷总总兮九州,何寿夭兮在予”,“高飞兮安翔,乘清气兮御阴阳”也与第一节大司命所表现出的呼风唤雨、声势夺人的气概一致。同此,第四节说“壹阴兮壹阳,众莫知兮余所为”,也只能出于大司命之口。大司命动辄“吾”“予”“余”自称,体现出大权在握、唯我独尊的意识。“折疏麻兮愈疏”以下三节,则完全表现对大司命的怀念,愁怀无限,情绪与前四节完全不同。这三节便是女巫以少司命口吻所唱。

这首诗表现大司命的气派简直无与伦比。他要到人间,不是让一般地打开天门，而是“广开天门”；他以龙为马，以云为车，命旋风在前开路，让暴雨澄清旷宇，俨然主宰一切的天帝。大司命在天宫的地位未必很高，但对人间来说掌握着每个人的生死寿夭，则权力可谓大矣。所以，即使在天宫中的班次居于末尾，当他要到人间来时，也可以摆出最大的排场，显出最大的威严。东皇太一虽然至高无上，但楚人祭祀时只是虚虚一过，名义上敬东皇太一，实际上是迎接众位天神、地祇、人鬼。人们是根据现实生活来想象神、创造神、对待神的。大司命的气壮，也就可以不言而喻。

对于大司命的描写，其服饰、乘驾、精神、职责、作为，都写到。尤其是用了第一人称的手法表现出一个执掌人类生死大权的尊神的内心世界，从中很可以看出中国古代漫长的专制制度社会的投影。作为一个抒情主人公形象，即使不是很可爱的，但却是具有典型意义的。事实上，他能够接受祭祀而到人间来，也还是体现了一种重民、亲民的思想；而作为一个执法者，也是应该有阳刚之气的。

后三节女巫以少司命的口吻表示对大司命的怀念。如不是以神的身份，便不会说“离居”。其中离别的幽怨，无法摆脱的愁绪，也多少地体现了男权社会中广大妇女普遍的心理状况。“折疏麻兮瑶华，将以遗兮离居。”为什么要折疏麻呢？闻一多《九歌解诂》说：“盖疏麻是隐语，借花草中的疏字以暗示行将分散之意。”闻说或者是也。但折麻的原因主要因为麻秆折断后皮仍连在一起，故以“折麻”喻藕断丝连之意。后世谢灵运《从斤竹涧越岭西行》“折麻心莫展”，《南楼中望所迟客诗》“瑶华未敢折”，都是由此处化出，表现久别后一时不能见到的愁情。所以说，折疏麻之瑶华相赠，有身虽离而思念不绝之意。

“乘龙”两句，是说大司命离开祭堂而去。云为车而龙为马，正所谓“云从龙，风从虎”，同诗开头表现的大司命形象一致。神将离去，故女巫以少司命的口吻表现出恋念的情绪。离别是不可避免的，只希望以后常常像今晚一样不亏见面亲切之意。你大司命是主宰人的寿命的，人的寿命本来就有定数，但天地间的悲欢离合谁又能管得了呢？这里问出了一个千百年来无数男男女女的多情人都永远不得答案的问题。这首诗中，真是凝聚了人类情感经历中最深刻的内容。

少司命

【原文】

秋兰兮麋芜①，
罗生兮堂下。
绿叶兮素华②，
芳菲菲兮袭予③。
夫④人自有兮美子，
荪何以兮愁苦⑤？

秋兰兮青青⑥，
绿叶兮紫茎。
满堂兮美人⑦，
忽独与余兮目成⑧。

入不言兮出不辞，
乘回风兮载云旗。
悲莫悲兮生别离，
乐莫乐兮新相知。

荷衣兮蕙带，
儵而来兮忽而逝⑨。
夕宿兮帝郊，
君谁须兮云之际⑩？

与女沐兮咸池[11],
晞女发兮阳之阿[12]。

望美人[13]兮未来,
临风怳兮浩歌[14]。
孔盖兮翠旍[15],
登九天兮抚彗星[16]。
竦长剑兮拥幼艾[17],
荪独宜兮为民正[18]。

【注释】

①秋兰:古所谓兰草,叶茎皆香。秋天开淡紫色小花,香气更浓。古人以为生子之祥。麋芜:即"蘼芜",细叶藭,叶似芹,丛生,七、八月开白花。根茎可入药,治妇人无子。以下六句为男巫以大司命口吻迎神所唱。

②华:原作"枝",《楚辞考异》引一本作"华"。王逸《楚辞章句》释此句为"吐叶垂华",则本作"华",今据改。

③袭:指香气扑人。予:我,男巫以大司命口吻自谓。

④夫:发语词,兼有远指作用。

⑤荪:溪荪,石菖蒲,一种香草。古人用以指君王等尊贵者。诗中指少司命。何以:因何。

⑥青青:借为"菁菁",茂盛貌。以下三节为少司命所唱。

⑦美人:指祈神求子的妇女。

⑧忽:很快地。余:我,少司命自谓。目成:用目光传情,达成默契。

⑨儵:同"倏",迅疾的样子。逝:离去。

⑩君:少司命指称大司命。须:等待。因大司命受祭结束后升上云端等待,故少司命这样问。

⑪此句上原有“与女游兮九河，冲风至兮水扬波”，王逸无注。《考异》云：“古本无此二句。”按：“与女”二句与《河伯》中二句重复，当是由《河伯》所窜入，今删。女：汝。咸池：神话中天池，太阳在此沐浴。以下二节为男巫以大司命口吻所唱。

⑫晞：晒干。阳之阿：即阳谷，也作旸谷，神话中日所出处。

⑬美人：此处为大司命称少司命。大司命在云端，少司命尚在人间受祭，所以大司命这样说。

⑭怳：神思恍惚惆怅的样子。浩歌：放歌，高歌。

⑮孔盖：孔雀毛作的车盖。旍：同“旌”，翠旍，翠鸟羽毛装饰的旌旗。

⑯九天：古代传说天有九重。此处指天之高处。抚：持。

⑰竦：肃立，此处指笔直地拿着。拥：抱着。幼艾：儿童，即《礼记·月令》所说“养幼少”的“幼少”。

⑱正：主也。

【译文】

秋天的兰草和细叶芎藭，
遍布在堂下的庭院之中。
嫩绿叶子夹着洁白小花，
喷喷的香气扑向面孔。
人们自有他们的好儿好女，
你为什么那样地忧心忡忡？

一片片秋兰青翠茂盛，
嫩绿叶片中伸出着花的紫茎。
满堂上都是迎神的美人，
忽然间都与我致意传情。

我来时无语出门也不告辞，
驾起旋风树起云霞的旗帜。
悲伤莫过于活生生的离别，
快乐莫过于新结了好相识。

穿起荷花衣系上蕙草带，
我忽然前来又忽然远离。
日暮时在天帝的郊野住宿，
你等待谁久久停留在云际？

同你到日浴之地咸池洗头，
到日出之处把头发晾干。
远望美人啊仍然没有来到，
我迎风高唱恍惚幽怨。

孔雀翎制车盖翠鸟羽饰旌旗，
你升上九天抚持彗星。
一手直握长剑一手横抱儿童，
只有你最适合为人作主持正！

【赏析一】

“少司命”是使生命由幼至长不受伤害的保护神，也可以说是主灾祥的神。这首诗各节的意思大致如下：

第一节：以迎神灵巫的口吻描写迎神殿堂的布置、少司命出场的情景及对少司命的温慰。

第二节：以被爱灵巫的口吻写她被少司命独视的亦惊亦喜的感受。

第三节：写被爱灵巫对少司命庄重行为的感慨。

第四、五节:以被爱灵巫的口吻写与少司命离别后的无限向往、想象及失意之感。

第六节:对少司命的热烈礼赞。

在艺术方面,这首诗具有心理描写细腻,想象丰富等特色。

【赏析二】

《少司命》是祭祀少司命神的歌舞辞。少司命是主管人间子嗣的神。因为是主管儿童的,所以称作“少司命”。宋罗愿说:“少司命主人子孙者也。”(《尔雅翼》)王夫之从其说。王夫之并说古代“弗(祓)无子者祀高禖。大司命、少司命皆楚俗为之名而祀之”。(《楚辞通释》)则少司命乃由高禖演变而来,是女神。《札记·月令》仲春之月:“玄鸟至。至之日,以太牢(牛羊猪三牲)祠于高禖。天子亲往。后妃帅九嫔御,乃礼天子所御,带以弓韣,授以弓矢,干高禖之前。”郑玄注:“天子所御,谓今有娠者。……带以弓韣,授以弓矢,求男之祥也。”正义云:“祭高禖既毕,祝官乃礼接天子所御幸有娠之人,……乃属带此所御之人以弓韣,又授之以弓矢于高禖之前。”可见,古之高禖,即求子之神。实质上,高禖管生,司命管死,故在齐楚民间以司命为“大司命”,而以高禖为“少司命”。高禖的来源,郑玄注说是“玄鸟遗卵,娀简狄吞之而生契,后王以为媒官,嘉祥而立其祠焉。变媒言禖,神之也”。就中国而言,燕子春天由南来巢于人家,时天气已暖,便于洗浴,且春暖花开,人的兴致较高,故怀孕者多。则高禖本来就是司子嗣之神。

本篇是少司命与男巫对唱。其末云:“荪独宜兮为民正”,则末一节为男巫之唱词。那么,第一节也应为男巫所唱。由歌词内容看,二、三、四节为少司命唱词,五、六节也是男巫以大司命口吻所唱。

因为本篇演唱同前一篇是连接的,少司命、大司命已在场,故再没有下神、迎神的话,但此一篇的宾主关系与上一篇相反。上一篇后半是女巫以少司命口吻所唱,故此篇开头是男巫以大司命口吻唱出,来赞颂少司命。从情绪的承接来说,前篇少司命反复表现出愁苦的心情,故此篇开头大司命说:“夫人自有兮美子,荪何以兮愁苦?”

“秋兰兮麋芜,罗生兮堂下”,一方面是对少司命这个爱护生命的女神的烘托,另一方面也暗示此祭祀为的是求子嗣。《尔雅翼》云:“兰为国香,人服媚之,古以为生子之祥。而蘼芜之根主妇人无子。故《少司命》引之。”《政和证类本草》也说芎藭根茎可以入药,治“妇女血闭无子”。所以说,这两句不仅更突出了诗的主题,也反映了一个古老的风俗。

少司命一开始就赞叹的也是兰草,同样暗示了生子的喜兆。“满堂兮美人,忽独与余兮目成”,是说来参加迎神祭祀的妇女很多,都希望有好儿好女,对她投出企盼的目光,她也回以会意的一瞥。她愿意满足所有人的良好愿望。她同这些人既已“目成”,也就没有愁苦了。她看了祭堂上人的虔诚和礼敬,心领神受,“入不言”而“出不辞”,满意而去。她乘着旋风,上面插着云彩的旗帜。对于她又认识了很多相知,感到十分快活;而对于同这些人又将分离,感到悲伤。这是将人的感情与神相通,体现出女神的多情。下面一节则是女神说自己的服饰和离开祭堂的情形。“荷衣兮蕙带”同大司命的“云衣兮被被,玉佩兮陆离”比起来,带有女性的特征。“夕宿兮帝郊”是说自己离开后将去的地方。《礼记·月令》孔颖达正义引《郑志》,简狄被以为禖官嘉祥之后,“祀之以配帝,谓之高禖”。则由之转化而来的少司命宿于帝郊,也是有原因的。“君谁须兮云之际”是反过来回问大司命的话。

第五、六节都是男巫以大司命的口吻所唱,先是回答少司命的问话:“我等待你,要陪你到咸池去洗头,在阳阿之地晒发。因为一直等你不来,所以在云端恍然而立,临风高歌。”第六节描述了少司命升上天空后的情况,描绘出一个保护儿童的光辉形象:她一手笔直地持着长剑,一手抱着儿童。她不仅是送子之神,也是保护儿童之神。“荪独宜兮为民正!”事实上唱出了广大人民群众对少司命的崇敬与爱戴。

《大司命》和《少司命》塑造了两个形象:威严的大司命和温柔多情的少司命。一个体现出阳刚之美,一个体现出阴柔之美。但他们的形象又不是单一的,图案化的:大司命在威严的下面,也体现了对于女性的关切、赞扬与爱护,而少司命在多愁善感的背后,具有刚毅而凛然不可犯的一面。她虽是一个一往情深的女性,在保护儿童的方面却是一个不可干犯的女神。

这两首诗都是一方面用人物自白、倾吐内心的方式展示其精神世界，另一方面用对方眼中所见来刻画，由对方的赞颂从旁表现的办法，即变换角度，又内外结合，互相映衬。可以说，两首诗中的每一段唱词，都是既写"他"，又写"我"。这两首诗也都采取了抒情与描写相结合的手法，所以辞采华丽，又韵味深长。

【赏析三】

《楚辞》中的《九歌》原是一组祭祀鬼神用的乐歌。祭祀形式由男女巫师主持其事，其中有一个是主巫，他或她代表着受祭的男神或女神，并以神鬼的身份在仪式中独唱独舞。其余的巫者则以集体的歌舞相配合，起着迎神、送神、颂神、娱神的作用。《九歌》中有的篇章含有谈情说爱的内容，那都是表现神与神、鬼与鬼之间的恋爱。过去有人认为《九歌》中也有表现神与人或神与巫相爱的，并且以这篇《少司命》为其突出例证。这其实是一种误解。那么《少司命》究竟表现了什么内容呢？在下面的解释中，将回答这个问题。

第一章　秋兰兮蘼芜，罗生兮堂下。绿叶兮素华，芳菲菲兮袭予。夫人自有兮美子，荪何以兮愁苦？

这一章是群巫合唱的迎神曲。由于少司命是专管人间生儿育女和儿童命运的女神，很自然地与女性发生密切的关系，所以参加祭祀仪式的也都是女巫。下面第二章说："满堂兮美人"，以及第四章所写的种种情况也可以证明这一点。

本章以"秋兰"四句描述了祭祀现场的背景，显得极为清雅素净。《少司命》全诗犹如一组淡彩工笔连续画，读来令人油然而生恬静悠远、芳香盈溢之感，这与富有特色的背景刻画是分不开的。

末二句"夫人自有兮美子，荪何以兮愁苦"，"夫"是发语词，"夫人"等于说人们。"荪"是少司命的代称。这二句是群巫以女性代表的身份告诉少司命说，人们在她护佑之下养育儿童情况良好，她也就不必成天为此操心担忧了。两句诗委婉有致地说明了神对人的关怀和人对神的体贴，一下子消除了人与神之间的距离。作者这样来表现神和人的关系，实际是表现了对人类命运的美好愿望。从写作技巧上说，这二句是为少司命降临受祭作了必要的导引。

第二章　秋兰兮青青，绿叶兮紫茎。满堂兮美人，忽独与余兮目成。入不言兮出不辞，乘回风兮载云旗。悲莫悲兮生别离，乐莫乐兮新相知。

这一章是扮成少司命的主巫的独唱词。开头二句是少司命目中所见的现场背景。前人因为不明白这一章与前一章分别为群巫之词与少司命之词，所以就不能解释为什么前章已经说了“秋兰”“绿叶”之类，此章又要来上一遍。现在我们既已知道两章分属不同身份的歌者，就可以体会这一重复颇有意思，它不仅起到前后呼应的作用，而且少司命一唱这两句就意味她已经来到现场。如果把这二句改为实叙，说道“我少司命从天而降，来到这设祭的厅堂”，那就笨得没法读了。

三四句“满堂兮美人，忽独与余兮目成”，是理解全诗的关键。多少人因为误读了这二句而一错到底。他们以为说这话的人是满堂美人中的一个，意思是少司命独独垂青于我，对我眉目传情。又因为满堂美人既是女性，于是就把少司命说成男神。后来又有人因为确知少司命为女神，只得把满堂美人说成是“美男子”。总之讲来讲去都牵强得很。其实呢，少司命是女神，满堂美人也是女性。说这两句话的不是满堂美人而是少司命。她说自己一到祭祀之处，满堂的美人就都对她眉目传情。这个情，不是男女之间的爱情，而是女神与女性之间的友情。少司命既在天上专管儿童福利，当然应该同辛辛苦苦养育儿童的人间妇女交朋友。这朋友并非满堂美人中的一个，而是满堂美人的全体。

但是少司命刚刚交上了一批朋友，她却又要乘车返航了。进来既没说一说话，临走也未告一告别，所以不胜感慨地说：“悲莫悲兮生别离，乐莫乐兮新相知”。这二句之所以成为千古绝唱,一方面是因为两句诗分别概括了全然不同的生活经验,既准确明快,又经得起玩味。另一方面又因为二句合用在这里又极其贴切,相比相映,正好表达了少司命此时此地的情感特征。由于两句诗的工稳对仗与所表现的情事严丝合缝,因此显得犹如天造地设,一点没有斧凿的痕迹。我一直猜想,这两句诗可能对启发后人认识语言对偶之美起过巨大作用;却又怀疑后世有些文人未必全部了解这两句诗所提供的艺术经验,否则他们为什么要片面追求骈俪堆砌,而不在对景切事、表达真情实感上下工夫呢?

第三章　荷衣兮蕙带,儵而来兮忽而逝。夕宿兮帝郊,君谁须兮云之际?

这一章是群巫合唱的问词。“荷衣蕙带”是群巫所见的少司命的装束。但是此时主巫实际上尚未退场,她只是站在某个高处,离群巫远远的,所以群巫问她:您在天郊云际等候什么人呢?这一想象也很巧妙,引出了下章少司命一段情意深长的答词。

第四章　与女沐兮咸池,晞女发兮阳之阿。望美人兮未来,临风怳兮浩歌。

这一章是扮成少司命的主巫的答词。紧接上章,对群巫的疑问作了回答,意思是我在天郊等的就是你们,要和你们一起在天池里洗头发,然后一起在向阳的山湾玩儿一阵,把头发晾干。我们现在已经知道这是少司命女神和她的一群女朋友之间的活动,便觉得这想象很有意思,既亲昵,又大方,还富有生活气息。再想到前人的解释,在这里放上一位“美男子”,便不能不大感别扭了。

但是人间的朋友们怎会跑到天上来呢?因此少司命感到惆怅,不禁当风高歌以抒发她的感情。这些描写进一步表现了她的淳朴和豪放,她既无媚态,也无俗态,只是天性磬露,情真意切,别具一派爽朗自然的风韵。她邀请人间朋友上天来玩固然不能实现,但上天不成情意在,人间的朋友把她想象成有此一番用心,就因为深信这位伟大的女神是与她们同在的。

第五章　孔盖兮翠旍,登九天兮抚彗星。竦长剑兮拥幼艾,荪独宜兮为民正。

这一章是群巫合唱的送神曲。诗中想象少司命这时已经远去,带着全副仪仗登上九天,降服危害人类的"扫帚星"。

"竦长剑兮拥幼艾"一句最值得注意,它犹如戏曲舞台上英雄人物经过胜利的战斗来了一个最后的"亮相"。那一手挺着长剑、一手抱着幼儿的造型,实在是我国文艺创作历史画廊中最有光辉的形象之一。伟大的少司命,她是这样热爱新生而幼弱的婴孩,保卫他们也就是保卫了人类的未来和人类的希望;而在这个充满了正与邪、善与恶的斗争的世界上,还必须挺着长剑才能完成这个伟大的使命。少司命是这样的懂得爱又懂得恨,这样的温厚善良而又勇敢刚强,怎能不赢得人民群众的赞颂。人民群众谦虚地声称英雄之神少司命最适于为人民作主,而实际上人民群众正是按照自己的本质、自己的理想来创造这一光辉形象的。

东君

【原文】

暾将出兮东方①,
照吾槛兮扶桑②。
抚余马兮安③驱,
夜皎皎④兮既明。
驾龙辀兮乘雷⑤,

载云旗兮委蛇[⑥]。
长太息兮将上[⑦]，
心低佪兮顾怀[⑧]。
羌声色兮娱人，
观者憺[⑨]兮忘归。

縆瑟兮交鼓[⑩]，
箫钟兮瑶虡[⑪]。
鸣篪[⑫]兮吹竽，
思灵保兮贤姱[⑬]。
翾飞兮翠曾[⑭]，
展诗兮会舞[⑮]。
应律兮合节[⑯]，
灵之来兮蔽日。

青云衣兮白霓裳，
举长矢兮射天狼[⑰]。
操余弧兮反沦降[⑱]，
援北斗兮酌桂浆[⑲]。
撰余[⑳]辔兮高驰翔，
杳冥冥兮以东行[㉑]。

【注释】

①暾：温暖而明朗的阳光。

②吾槛：即指扶桑，神以扶桑为舍槛。槛：栏杆。扶桑：传说中的神树，生于日出之处。

③安：安详。

④皎皎:指天色明亮。晈晈:同“皎皎”。

⑤辀:本是车辕横木,泛指车。龙辀:以龙为车。雷:指以雷为车轮,所以说是乘雷。

⑥委蛇:逶迤,曲折斜行。

⑦上:升起。

⑧低佪:迟疑不进。顾怀:眷恋。

⑨憺:指心情泰然。

⑩絙:急促地弹奏。交:对击。交鼓:指彼此鼓声交相应和。

⑪箫:击。箫钟:用力撞钟。瑶:震动的意思。虡:悬钟声的架。瑶虡:指钟响而虡也起共鸣。

⑫篪:古代的管乐器。

⑬灵保:指祭祀时扮神巫。姱:美好。

⑭翾:小飞。翾飞:轻轻的飞场。翠 :翠鸟。曾:飞起。

⑮诗:指配合舞蹈的曲词。展诗:展开诗章来唱。会舞:指众巫合舞。

⑯应律:指歌协音律。合节:指舞合节拍。

⑰矢:箭。天狼:即天狼星,相传是主侵掠之兆的恶星,其分野正当秦国地面。因此旧说以为这里的天狼是比喻虎狼般的秦国,而希望神能为人类除害。

⑱弧:木制的弓,这里指弧矢,共有九星,形似弓箭,位于天狼星的东南。反:指返身西向。沦降:沉落。

⑲援:引。桂浆:桂花酿的酒。

⑳撰:控捉。

㉑杳:幽深。冥冥:黑暗。行:音航。

【译文】

温煦明亮的光辉将出东方,

照着我的栏杆和神木扶桑。

轻轻扶着我的马安详行走，
从皎皎月夜直到天色明亮。
驾着龙车借着那雷声轰响，
载着如旗的云彩舒卷飘扬。
长长叹息着我将飞升上天，
我的内心又充满眷念彷徨。
声与色之美足以使我快乐，
观看者安于此景回还皆忘。

调紧瑟弦交互把那大鼓敲，
敲起乐钟使钟磬木架动摇。
鸣奏起横篪又吹起那竖竽，
更想起那美好的巫者灵保。
起舞就像小翠鸟轻盈飞举，
陈诗而唱随着歌声齐舞蹈。
合着音律配着节拍真和谐，
众神灵也遮天蔽日全驾到。

把青云当上衣白霓作下裳，
举起长箭射那贪残的天狼。
我抓起天弓阻止灾祸下降，
拿过北斗斟满了桂花酒浆。
轻轻拉着缰绳在高空翱翔，
在幽暗的黑夜又奔向东方。

【赏析】

《东君》一诗的祭祀对象是什么神，古无异辞，都说是日神。洪兴祖《楚辞补注》云:“《博雅》曰:‘朱明、耀灵、东君、日也。’《汉书·郊祀志》有东君。”朱熹《楚辞集注》云:“此日神也。《礼》曰:‘天子朝日于东门之外。’”戴震《屈原赋注》云:“《礼记·祭义篇》曰:‘祭日于坛。’又曰:‘祭日于东。’《祭法篇》曰:‘王宫,祭日也。’此歌备陈歌舞之事,盖举迎日典礼赋之。”近代王闿运始有异说,其《楚辞释》云:“东君,句芒之神。旧以为礼日,文中言云蔽日则非。”他根据诗中“灵之来兮蔽日”一句,以为神与日明明非一,故否定诗之所祀为日神,而以之为木神也即东方之神句芒。其实“灵之来兮蔽日”一句正如《湘夫人》中的“灵之来兮如云”一句,表现的神灵并非篇中所祀之神,而是一群其他的神,《湘夫人》中是九嶷山众神,本篇则是东君的随从之神,故可以“蔽日”“如云”形容其多。泥定“灵”为神灵则必系所祀之神,显然是主观臆测,为今人之所不取,自属当然。况且,正如今人陈子展《楚辞直解》所说:“倘若以为东君定是东方之神,那么,为什么四方之神,或五方之帝,只祭其一呢?”

祭祀日神之诗,自然充满对光明之源太阳的崇拜与歌颂。这种崇拜与歌颂,是古今中外永恒的主题,万物生长靠太阳,对太阳的崇拜和歌颂自然是最虔诚又是最热烈的。在《九歌》描写祭祀的场面中,这一篇写得最热闹。

本篇一开头,就先刻意描写一轮喷薄而出的红日那温煦明亮的光辉。就如昏暗的剧场突然拉开帷幕,展现出一个鲜丽明艳的大背景,把整个气氛渲染得十分浓烈。旭日欲出,自然先照亮日神东君所住的日出之处,也就自然引出日神。东君是伟大的,他所驾驭的太阳把光和热带给人类,是那样的慷慨无私,自然有那从容不迫的姿态。所以他总是不激不励,安详地驾着太阳车缓缓而行,履行他一天的神圣职责。

那么,当阳光普照大地,日神给人类带来的一切又有何等意义呢?作者并未转而叙述大地山川的反映,仍围绕主题描写了一个日神行天的壮丽场面。这里的龙和上文的马实际上是同一物。飞龙也好,天马也罢,都是上天的神灵,故屈赋中常互称。天马行空,自非凡马可比。这里的雷声,实际上是龙车滚滚驶过的声音。而天上片片绚丽云彩的伴随,就如龙车上插着万杆旌旗,又是何等的显赫。这种场面,只能从后世描写天子浩浩荡荡的出行中去体会了。

至此,作者笔锋一转,让东君发出长长的叹息。他叹息什么呢?因为他将回到栖息之所,而不能长久陶醉在给人类带来光明带来一切的荣耀中,所以他只有眷念,只有彷徨。但那行天时轰响的龙车和委蛇的云旗确实给他以快意,就连观者也因之乐而忘返。

提及观者,又自然地引出一个极其隆重热烈迎祭日神的场面。人们弹起琴瑟,敲起钟鼓,吹起篪竽,翩翩起舞。于是,东君的官属们也为人们这虔诚之心所感,遮天蔽日纷纷而下。

东君的司职很明确,就是为人类带来光明。然而这里描写的东君与众不同,他并不是趁着暮色悄悄地回返,而是继续为人类的和平幸福而工作着。他要举起长箭去射那贪婪成性欲霸他方的天狼星,操起天弓以防灾祸降到人间,然后以北斗为壶觞,斟满美酒,洒向大地,为人类赐福,然后驾着龙车继续行进。这里的一个"高"字,再次把东君那从容不迫伟大而无敌的气度生动地表现了出来。戴震《屈原赋注》认为天狼星在秦之分野,故"举长矢兮射天狼"有"报秦之心",反映出对秦国的敌忾,联系历史事实,此论自非无稽之谈。

诗中没有缱绻的儿女之情,有的只是崇高的博爱;没有浓郁的芳香,有的只是炽热的情怀,这与人类对日神东君的崇敬和礼赞的主题是相一致的。

结合祭祀仪式上的乐舞表演情况来看,可以判断第一、第二章是扮神之巫所唱,第三章是迎神之巫所唱,第四章又是扮神之巫所唱。而各章歌辞之间的联接承转,又极其自然,在轮唱中烘托出日神的尊贵、雍容、威严、英武,那高亢洪亮的声乐正恰如其分地演绎出光明之神的灿烂辉煌。

河伯

【原文】

与女游兮九河[①]，
冲风起兮横波[②]。
乘水车兮荷盖，
驾两龙兮骖螭[③]。
登昆仑[④]兮四望，
心飞扬兮浩荡。
日将暮兮怅忘归，
惟极浦兮寤怀[⑤]。
鱼鳞屋兮龙堂，
紫贝阙兮珠宫。
灵[⑥]何为兮水中？
乘白鼋兮逐文鱼[⑦]，
与女游兮河之渚[⑧]，
流澌[⑨]纷兮将来下。
子交手[⑩]兮东行，
送美人兮南浦[⑪]。
波滔滔兮来迎，
鱼邻邻兮媵予[⑫]。

【注释】

①女:汝,你。九河:黄河的总名,前人说是黄河到兖州境即分九道,故

称九河。

②冲风:隧风,大风。横波:聚起波浪,扬波。

③骖螭:四匹马拉车时两旁的马叫"骖"。螭,《说文解字》:"若龙而黄,北方谓之地蝼。""或日无角曰螭。"据文义当指后者,那么"骖螭"即以螭为骖了。

④崑崙:山名,黄河的发源地。今作昆仑。

⑤极浦:水边尽头。寤怀:寤寐怀想,形容思念之极。

⑥灵:神灵,这里指河伯。

⑦鼋:大鳖。逐:追随,跟从。文鱼:有斑纹的鲤鱼。

⑧渚:水边。《国语·越下》:"鼋龟鱼鳖之与处,而鼃(蛙)黾之与同渚。"下注:"水边亦曰渚。"这里泛指水,"渚"当为押韵。

⑨流澌:古代成语,意思就是流水。《楚辞·七谏·沉江》"赴湘沅之流澌兮"等可证。

⑩交手:古人将分别,则相执手表示不忍分离。

⑪美人:指河伯。南浦:向阳的岸边。

⑫邻邻:一本作"鳞鳞",如鱼鳞般密集排列的样子,媵:原指随嫁或陪嫁的人,这里指护送陪伴。

【译文】

我和你河伯游在九河之上,
大风吹起河面上掀动波浪。
随你乘着荷叶作盖的水车,
以双龙为驾螭龙套在两旁。

登上河源昆仑向四处张望,
心绪随着浩荡的黄河飞扬。
但恨天色已晚而忘了归去,

惟河水尽处令我寤寐怀想。

鱼鳞盖屋顶堂上画着蛟龙，
紫贝砌城阙朱红涂满室宫。
河伯你为什么住在这水中？

乘着大白鼋鲤鱼跟随身旁，
随你河伯一起游弋在河上，
浩浩河水缓缓地往东流淌。

你握手道别将要远行东方，
我送你送到这向阳的河旁。
波浪滔滔而来迎接我河伯，
为我护驾的鱼儿排列成行。

【赏析一】

河伯即河水神。这首诗写一对水神情侣相聚出游，复又执手相别的场景，是河伯、洛神神话故事的一个片断。全诗大约分为三层：

第一层：相约同游。以河伯的口吻写其与洛水女神同游九河的情景。这一层开篇气势非凡，不仅描绘了一幅浩大的场面，而且淋漓尽致地展现了这对爱侣出游中欢快愉悦的心情。

第二层：水殿幽会。写河伯与洛水女神在水殿幽会的情景。这一层中水殿描写神奇而美丽。

第三层：送别南浦。以河伯的口吻写送别洛水女神的情景。这一层把恋人送别的情景写得十分动情，令人想起“相见时难别亦难，东风无力百花残”，等古诗词名句。特别值得一提的是，源于本诗的“南浦送别”成了后世叙写离情别绪的生动典故。

本篇是祭祀河伯的祭歌。歌中没有礼祀之词，而是河伯与女神相恋的故事，大约是楚人淫祀的特色，以恋歌情歌作为娱神的祭词。河伯本指黄河之神，至战国时代人们把各水系的河神统称河伯。当时楚国国境未达黄河，所祭的只是河神。据考本篇可能是记叙河伯与洛水女神前期相恋之事。一是因为洛水在黄河之南，不是远离楚国的其他水系；二是因为洛水女神正是宓妃。宓妃性情放荡，曾与后羿相恋，故有后羿“射夫河伯”，“眇其左目”，河伯上告于天帝请诛后羿之事。

【赏析二】

河伯即黄河之神，河神是尊贵的地祇，商周以来一直列入祀典的主要对象，而楚国虽一向十分重视祭祀活动，但早先似乎只祭祀楚国境内的江汉等河。《左传·哀公六年》曾记载这么一件事：“昭王有疾，卜曰：‘河为祟。’王弗祭。大夫请祭诸郊。王曰：‘三代命祀，祭不越望，江、汉、睢、章，楚之望也。祸福之至，不是过也。不穀虽不德，河非所获罪也。’遂弗祭。”可知春秋时代楚昭王因为黄河不在楚国地望之内，所以不肯祭河伯。而据顾观光《七国地理考》、程恩泽《国策地名考》的考证，战国时楚国的势力范围已达到黄河流域的南侧，故陈子展以为这时“楚国王室祭祀河伯，已经不算违犯‘三代命祀，祭不越望’的什么大道理，也就是不违反他们的先代昭王的遗教了。”不过，也有学者如姜亮夫认为《庄子·秋水》以及《外篇》诸篇皆言河伯事，“则南楚传河伯之事最丰盛，不得以不祀河为说”。总之，不论楚祀河伯起于何时，在屈原的时代，确有此事，当可无疑。

今人多以为《九歌》各篇中表现人神恋爱的内容颇多，郭沫若认为本篇的内容是“男性的河神和女性的洛神讲恋爱”（《屈原赋今译》），河洛之神相爱虽有来历，但《九歌》的主旨是祭神，是在歌颂天神地祇人鬼，河神是黄河的代表，那么黄河作为中华民族的摇篮，为什么不可表现其伟大呢？况且，诗的文本中又没有“隐思君兮啡侧”（《湘君》）、“思公子兮未敢言”（《湘夫人》）、“思公子兮徒离忧”（《山鬼》）之类明白显示相思的言辞可作直接的证据，因此，本诗不妨理解为主祭者随着河神对黄河所做的一番巡礼。

此诗一开头，就以开阔的视野，通过主祭者的眼睛对黄河（河神）的伟大雄壮进行了描述。大风起兮，波浪翻腾，气势非凡。河神遨游黄河，驾着水车，车顶覆盖着荷叶。驾车的是神异的飞龙，两龙为驾，螭龙为骖，是何等的威赫。

河伯驾驭龙车，溯流而上，一直飞到黄河的发源地昆仑山。来到昆仑，登高一望，面对浩浩荡荡的黄河，不禁心胸开张，意气昂扬。所遗憾的是天色将晚还忘了归去。昆仑虽是作者的故乡（帝高阳的发祥地），但他所怀念的家却是在遥远的河上。看到这里，我们自然会联想到屈原认宗亲的思想，这种思想贯穿着他的全部作品，贯穿着他对楚国楚君和楚国人民的精诚之爱。他愁思未解时，往往想到故乡（昆仑）。河伯看到故乡后就很悲伤，悲伤之后还是得回到家里（对屈原来说就是郢都）。这种情愫既在《离骚》《远游》等篇中都有明显的流露，那么在本诗中应是又一次表现。

那么河伯的家又是怎样呢？是锦鳞披盖的华屋，是雕绘蛟龙的大堂，紫贝堆砌的城阙，朱红涂饰的宫殿。河伯既是河中之神，居于水下本是极自然的。居所如此的华美，却为何还要发问呢？对此，过去一些解说有点勉强，联系上文，也许就不难理解了。

但内心的矛盾对于有着博大胸怀的河伯来说毕竟是次要的一面，所以接下来仍乘着白色的灵物大鳖，边上跟随着有斑纹的鲤鱼，在河上畅游，看到的是浩荡的黄河之水缓缓而来，这一幕场景显得宏大而深沉。

最后，当河伯欲再往东行时，他和主祭者握手道别，主祭者送他到面南的水边分手处。河伯巡视于黄河下游，那波涛滚滚而来，热烈地欢迎河伯的莅临，那成群结队排列成行的鱼儿伴随着河伯，为他护驾。这里的人物关系转换很明确，主祭者告别后，波涛欢迎、鱼儿随从的对象只是河伯。末一个“予”字，不仅点出了主人公，而这样的安排或许也暗示了楚国人民对作者的感情。

山鬼

【原文】

若有人兮山之阿[①]，
被薜荔兮带女萝[②]。
既含睇兮又宜笑[③]，
子慕予兮善窈窕[④]。

乘赤豹兮从文狸[⑤]，
辛夷车兮结桂旗[⑥]。
被石兰兮带杜衡[⑦]，
折芳馨兮遗[⑧]所思。
余处幽篁兮终不见天[⑨]，
路险难兮独後来[⑩]。

表[⑪]独立兮山之上，
云容容[⑫]兮而在下。
杳冥冥兮羌昼晦[⑬]，
东风飘兮神灵雨[⑭]。
留灵修兮憺忘归[⑮]，
岁既晏兮孰华予[⑯]？

采三秀兮於山间[⑰]，
石磊磊兮葛蔓蔓。
怨公子[⑱]兮怅忘归，
君思我兮不得閒。

山中人兮芳杜若[19]，
饮石泉兮廕松柏。
君思我兮然疑作[20]。

靁填填兮雨冥冥[21]，
猨[22]啾啾兮又夜鸣。
风飒飒兮木萧萧，
思公子兮徒离[23]忧。

【注释】

①山之阿:山隈,山的弯曲处。

②被:同披。薜荔、女萝:皆蔓生植物。

③含睇:含情而视。睇,微视。宜笑:笑得很美。

④子:与下文的灵修、公子、君都是指山鬼,亦即扮演山鬼的女巫所思念的人。慕:爱慕。善:美好,是形容窈窕的副词。

⑤赤豹:皮毛呈褐的豹。从:跟从。文:花纹。狸:狐一类的兽。文狸:毛色有花纹的狸。

⑥辛夷车:以辛夷木为车。结:编结。桂旗,以桂为旗。

⑦石兰、杜蘅:皆香草名。

⑧遗:赠。

⑨余:我。篁:竹。

⑩来:来到。

⑪表:独立突出之貌。

⑫容容:即“溶溶”,水或烟气流动之貌。

⑬杳冥冥:又幽深又昏暗。羌:语助词。

⑭神灵雨:神灵降下雨水。

⑮灵修:指神女。憺:安乐。

⑯晏:晚。华予:让我像花一样美丽。华,花。

⑰三秀:芝草,一年开三次花,传说服食了能延年益寿。

⑱公子:也指神女。

⑲杜若:香草。

⑳然疑作:信疑交加。然,相信;作,起。

㉑靁:同“雷”。填填:雷声。

㉒猨:同“猿”。

㉓离:遭受。

【译文】

好像有人在那山隈经过,
是我身披薜荔腰束女萝。
含情注视巧笑多么优美,
你会羡慕我的姿态婀娜。

驾乘赤豹后面跟着花狸,
辛夷木车桂花扎起彩旗。
是我身披石兰腰束杜衡,
折枝鲜花赠你聊表相思。
我在幽深竹林不见天日,
道路艰险难行独自来迟。

孤身一人伫立高高山巅,
云雾溶溶脚下浮动舒卷。
白昼昏昏暗暗如同黑夜,
东风飘旋神灵降下雨点。

等待神女怡然忘却归去，
年渐老谁让我永如花艳？

在山间采摘益寿的芝草，
岩石磊磊葛藤四处盘绕。
抱怨神女怅然忘却归去，
你想我吗难道没空来到。

山中人儿就像芬芳杜若，
石泉口中饮松柏头上遮，
你想我吗心中信疑交错。

雷声滚滚雨势溟溟濛濛，
猿鸣啾啾穿透夜幕沉沉。
风吹飕飕落叶萧萧坠落，
思念女神徒然烦恼横生。

【赏析一】

本诗写的是山中女神的恋爱故事。全诗通过描写山鬼在追求爱情时的执着、自信及爱情受挫时的心理波折及苦恼，塑造了一个光彩照人的苦恋者形象，描述了一个怅恻的爱情故事。大约分为三层：

第一层：（从开头至“路险难兮独后来”）写山鬼的出场情景、穿着、神韵及心理活动。

第二层：（从“表独立兮山之上”至“君思我兮然疑作”）写山鬼来到幽会地点而未见爱人的焦虑情景。

第三层：写山鬼的极度哀伤与忧愤之情。

在艺术特色方面，本诗肖像描写、心理描写及景物描写均十分出色。

【赏析二】

读这首诗先得注意两点：一是“山鬼”究竟是女神还是男神？宋元以前的楚辞家多据《国语》《左传》所说，定山鬼为“木石之怪”“魑魅魍魉”，而视之为男性山怪。但元明时期的画家，却依诗中的描摹，颇有绘作“窈窕”动人的女神的。清人顾成天《九歌解》首倡山鬼为“巫山神女”之说，又经游国恩、郭沫若的阐发，“山鬼”当为“女鬼”或“女神”的意见，遂被广泛接受。本文的品赏即以此说为据，想来与诗中所述山鬼的形象也更为接近女神。苏雪林提出《九歌》表现“人神恋爱”之说以后，大多数研究家均以“山鬼”与“公子”的失恋解说此诗，其实不然。按先秦及汉代的祭祀礼俗，巫者降神必须先将自己装扮得与神灵相貌、服饰相似，神灵才肯“附身”受祭。但由于山归属于“山川之神”，古人采取的是“遥望而致其祭品”的“望祀”方式，故山鬼是不降临祭祀现场的。本诗即按照这一特点，以装扮成山鬼模样的女巫，入山接迎神灵而不遇的情状，来表现世人虔诚迎神以求福佑的思恋之情。诗中的“君”“公子”“灵修”，均指山鬼；“余”“我”“予”等第一人称，则指入山迎神的女巫。说明了这两点，读者对这首轻灵缠绵的诗作，也许可品味到一种不同于“人神恋爱”说的文化内涵和情韵了。

此诗一开头，那打扮成山鬼模样的女巫，就正喜孜孜飘行在接迎神灵的山隈间。我们从诗人对巫者装束的精妙描摹，便可知道楚人传说中的山鬼该是怎样倩丽，“若有人兮山之阿”，是一个远镜头。诗人下一“若”字，状貌她在山隈间忽隐忽现的身影，开笔即给人以缥缈神奇之感。镜头拉近，便是一位身披薜荔、腰束女萝、清新鲜翠的女郎，那正是山林神女所独具的风采！此刻，她一双眼波正微微流转，蕴含着脉脉深情；嫣然一笑，齿白唇红，更使笑靥生辉！“既含睇兮又宜笑，着力处只在描摹其眼神和笑意，却比《诗经·卫风·硕人》“手如柔荑，肤如凝脂，领如蝤蛴”之类铺排，显得更觉轻灵传神。女巫如此装扮，本意在引得神灵附身，故接着便是一句“子（指神灵）慕予兮善窈窕”——我这样美好，可要把你羡慕死了：口吻也是按传说的山鬼性格设计的，开口便是不假掩饰的自夸自赞，一下显露了活泼、爽朗的意态。

这是通过女巫的装扮和口吻为山鬼画像,应该说已极精妙了。诗人却还嫌气氛冷清了些,所以又将镜头推开,色彩浓烈地渲染她的车驾随从:“乘赤豹兮从文狸,辛夷车兮结桂旗……”这真是一次堂皇、欢快的迎神之旅！火红的豹子,毛色斑斓的花狸,还有开着笔尖状花朵的辛夷、芬芳四溢的桂枝,诗人用它们充当迎神女巫的车仗,既切合所迎神灵的环境、身份,又将她手燃花枝、笑吟吟前行的气氛,映衬得格外欢快和热烈。

自“余处幽篁兮终不见天”以下,情节出现了曲折,诗情也由此从欢快的顶峰跌落。满怀喜悦的女巫,只因山高路险耽误了时间,竟没能接到山鬼姑娘！她懊恼、哀愁,同时又怀着一线希冀,开始在山林间寻找。诗中正是运用不断转换的画面,生动地表现了女巫的这一寻找过程极其微妙心理:她忽而登上高山之巅俯瞰深林,但溶溶升腾的山雾,却遮蔽了她焦急顾盼的视野;她忽而行走在幽暗的林丛,但古木森森,昏暗如夜;那山间的飘风、飞洒的阵雨,似乎全为神灵所催发,可山鬼姑娘就是不露面。人们祭祀山灵,无非是想求得她的福佑。现在见不到神灵,还有谁能使我青春长驻呢？为了宽慰年华不再的失落之感,她便在山间采食灵芝,以求延年益寿。这些描述,写的虽是巫者寻找神灵时的思虑,表达的则正是世人共有的愿望和人生惆怅。诗人还特别妙于展示巫者迎神的心理:“怨公子兮怅忘归”,分明对神灵生出了哀怨;“君思我兮不得闲”,转眼却又怨意全消,反去为山鬼姑娘的不临辩解起来。“山中人兮芳杜若”,字面上与开头的“子慕予兮善窈窕”相仿,似还在自夸自赞,但放在此处,则又隐隐透露了不遇神灵的自怜和自惜。“君思我兮然疑作”,对山鬼不临既思念、又疑惑的,明明是巫者自己;但开口诉说之时,却又推说是神灵。这些诗句所展示的主人公心理,均表现得复杂而又微妙。

到了此诗结尾一节,神灵的不临已成定局,诗中由此出现了哀婉啸叹的变徵之音。“靁填填兮雨冥冥”三句,将雷鸣猿啼、风声雨声交织在一起,展现了一幅极为凄凉的山林夜景。诗人在此处似乎运用了反衬手法:他愈是渲染雷鸣啼猿之夜声,便愈加见出山鬼所处山林的幽深和静寂。正是在这凄风苦雨的无边静寂中,诗人的收笔则是一句突然迸发的哀切呼告之语:

"思公子兮徒离忧!"这是发自迎神女巫心头的痛切呼号——她开初曾那样喜悦地拈着花枝,乘着赤豹,沿着曲曲山隈走来;至此,却带着多少哀怨和愁思,在风雨中凄凄离去,终于隐没在一片雷鸣和猿啼声中。大抵古人"以哀音为美",料想神灵必也喜好悲切的哀音。在祭祀中愈是表现出人生的哀思和悱恻,便愈能引得神灵的怜悯和呵护。不知山鬼姑娘听到这首祭歌,是否也能怦然心动,而赐给世人以企盼的福佑?

国殇

【原文】

操吴戈兮披犀甲①,
车错毂兮短兵接②。
旌蔽日兮敌若云,
矢交坠兮士争先。
凌余阵兮躐余行③,
左骖殪兮右刃伤④。
霾两轮兮絷四马⑤,
援玉枹兮击鸣鼓⑥。
天时怼兮威灵怒⑦,
严杀尽兮弃原壄⑧。

出不入兮往不反,
平原忽兮路超远⑨。
带长剑兮挟秦弓⑩,
首身离兮心不惩⑪。
诚既勇兮又以武⑫,
终刚强兮不可凌⑬。

身既死兮神以灵[14]，

魂魄毅兮为鬼雄[15]。

【注解】

①戈：平头戟。吴戈：吴国所制的戈。当时这种戈最锋利。被：同披。犀甲：犀牛皮制的甲。

②错：交错。毂：车轮中间横贯车轴的部件。古时常以之代指车轮。短兵：短兵器。

③凌：侵犯。阵：军阵，阵地。躐：践踏。行：行列。

④骖：驾在战车两旁的马。殪：死，杀死。刃伤：被刀剑砍伤。

⑤霾：同“埋”。絷：用绳子拴住。

⑥援：拿起。枹：鼓槌。鸣鼓：声音很响的鼓。

⑦天时：犹言天象。懟：怨愤。威灵：神灵。

⑧严杀：犹言“肃杀”，指战场上的肃杀之气。壄：古“野”字。

⑨忽：渺茫而萧索。超远：即遥远。

⑩带：佩在身上。挟：夹在腋下。

⑪心不惩：心不悔。

⑫诚：果然是。勇：指精神上的气势。武：指孔武有力。

⑬终：到底。不可凌：指志不可夺。

⑭神以灵：指为国捐躯的将士死后成神，神灵显赫。意谓他们精神不死。

⑮此句一作“魂魄毅兮为鬼雄”，意较佳。

【译文】

手执吴戈锐呵身披犀甲坚，

在车毂交错中与敌人开战。

旌旗蔽日呵敌寇蜂拥如云，
箭雨纷坠呵将士奋勇向前。
敌寇凌犯我军阵呵践踏队列，
左骖倒毙呵右骖伤于刀剑。
埋定车轮呵拉住战马，
拿过玉槌呵擂动鼓点。
战气萧杀呵苍天含怒，
被残杀的将士呵散弃荒原。

既已出征呵就没想过要回返，
家山邈远呵去路漫漫。
带上长剑呵操起秦弓，
纵使首身异处呵无悔无怨。
真是英勇无畏呵武艺超凡，
你永远刚强呵不可凌犯。
既已身死呵将成神显灵，
你是鬼中的英雄呵魂魄毅然。

【赏析】

《国殇》是屈原为祭祀神鬼所作的一组乐歌——《九歌》中的一首，内容是追悼和礼赞为国捐躯的楚国将士的亡灵。

乐歌分为两节，先是描写在一场短兵相接的战斗中，楚国将士奋死抗敌的壮烈场面，继而颂悼他们为国捐躯的高尚志节。由第一节“旌蔽日兮敌若云”一句可知，这是一场敌众我寡的殊死战斗。当敌人来势汹汹，冲乱楚军的战阵，欲长驱直入时，楚军将士仍个个奋勇争先。但见战阵中有一辆主战车冲出，这辆原有四匹马拉的大车，虽左外侧的骖马已中箭倒毙，右外侧的骖马也被砍伤，但他的主人，楚军统帅仍毫无惧色，他将战车的两个轮子埋进土里，笼住马缰，反而举槌擂响了进军的战鼓。一时战气萧杀，引得苍天也跟着威怒起来。待杀气散尽，战场上只留下一具具尸体，静卧荒野。

作者描写场面、渲染气氛的本领是十分高强的。不过十句，已将一场殊死恶战，状写得栩栩如生，极富感染力。接下来，则以饱含情感的笔触，讴歌死难将士。有感于他们自披上战甲一日起，便不再想全身而返，此一刻他们紧握兵器，安详地，心无怨悔地躺在那里，他简直不能抑止自己的情绪奔进。他对这些将士满怀敬爱，正如他常用美人香草指代美好的人事一样，在本篇中，他也同样用一切美好的事物，来修饰笔下的人物。这批神勇的将士，操的是吴地出产的以锋利闻名的戈、秦地出产的以强劲闻名的弓，披的是犀牛皮制的盔甲，拿的是有玉嵌饰的鼓槌，他们生是人杰，死为鬼雄，气贯长虹，英名永存。

依现存史料，我们尚不能指实这次战争发生的具体时地，敌对一方为谁。但当日楚国始终面临七国中实力最强的秦国的威胁，自怀王当政以来，楚国与强秦有过数次较大规模的战争，并且大多数是楚国抵御秦军入侵的卫国战争。从这一基本史实出发，说本篇是写楚军抗击强秦入侵，大概没有问题。而在这种抒写中，作者那热爱家国的炽烈情感，表现得淋漓尽致。

楚国灭亡后，楚地流传过这样一句话："楚虽三户，亡秦必楚。"屈原此作在颂悼阵亡将士的同时，也隐隐表达了对洗雪国耻的渴望，对正义事业必胜的信念，从此意义上说，他的思想是与楚国广大人民息息相通的。作为中华民族贡献给人类的第一位伟大诗人，他所写的绝不仅仅是个人的些许悲欢，那受诬陷被排挤，乃至流亡沅湘的坎坷遭遇；他奉献给人的是那颗热烈得近乎偏执的爱国之心。他是楚国人民的喉管，他所写的《国殇》，包括其他一系列作品，道出了楚国人民热爱家国的心声。

本篇在艺术表现上与作者其他作品有些区别，乃至与《九歌》中其他乐歌也不尽一致。它不是一篇想象奇特、辞采瑰丽的华章，然其"通篇直赋其事"，挟深挚炽烈的情感，以促迫的节奏、开张扬厉的抒写，传达出了与所反映的人事相一致的凛然亢直之美，一种阳刚之美，在楚辞体作品中独树一帜，读罢实在让人有气壮神旺之感。

礼魂

【原文】

成礼兮会鼓[①]，
传芭兮代舞[②]，
姱女倡兮容与[③]。
春兰兮秋菊，
长无绝兮终古。

【注释】

①成礼：指祭祀之礼完毕。会鼓：急疾击鼓，鼓点密集。
②芭：通"葩"，花。代：交互，更替。
③姱：美好。倡：同"唱"。容与：舒缓。

【译文】

祀礼已完毕紧紧敲起大鼓，
传递手中花更相交替而舞，
娇美的女子唱得从容自如。
春天供以兰秋天又供以菊，
长此以往不断绝直到终古。

【赏析】

对本篇的理解，从题目到内容一直分歧较大。王逸《楚辞章句》云："言祠祀九神，皆先斋戒，成其礼敬，乃传歌作乐，急疾击鼓，以称神意也。”今人陈子展以为“这像是说《礼魂》是为祭祀十神成礼之后，又传歌作乐，以娱乐众神而作，不是为祭祀任何一神而作”。明汪瑗《楚辞集解》、清张诗《屈子贯》则宣称此篇是“前十篇之乱辞也”。清王夫之《楚辞通释》又认为：“此章乃前十祀之所通用，而言终古无绝，则送神之曲也。”清吴世尚《楚辞疏》、王邦采《九歌笺略》、王闿运《楚辞释》也持同样的观点，目前学术界一般认同此说。而姜亮夫《屈赋校注》又解“礼”为祀，解“魂”为“气之神也，即神灵之本名，故以之概九神也”，“九祀既闭，合诸巫而乐舞，盖乐中之合奏也，……以总告诸神灵之前”。其说可从。

本篇以简洁的文字生动描绘出一个热烈而隆重的大合乐送神场面。一开始，先点出是“成礼”，使它和《九歌》各篇发生了联系。祀礼完成后，于是响起密集的鼓点，于是一边把花朵互相传递，一边更番交替地跳起舞。美貌女郎唱起歌，歌声舒徐和缓，从容不迫。这正是一个祭众神已毕时简短而又热烈的娱神场面。而春天供以兰，秋天供以菊，人们多么希望美好的生活能月月如此，岁岁如此。于是，大家从春供到秋，以时令之花把美好的愿望总告于众神灵，并许以长此不绝以至终古的供奉之愿，表达人们敬神事神的虔诚之心。

在“成礼”的鼓声中，我们仿佛看到《东皇太一》中“扬枹兮拊鼓”、《东君》中“緪瑟兮交鼓”、《国殇》中“援玉枹兮击鸣鼓”诸种或庄肃或雍容或悲壮的场面。而面对令人眼花缭乱的传花轮舞，我们无疑又会联想起《东皇太一》中“灵偃蹇兮姣服，芳菲菲兮满堂”、《云中君》中“灵连蜷兮既留，烂昭昭兮未央”、《东君》中“翾飞兮翠曾，展诗兮会舞”那流芬溢彩的神巫之舞。“姱女”的歌唱情景，自然也有《东皇太一》中“疏缓节兮安歌，陈竽瑟兮浩倡”、《少司命》中“临风怳兮浩歌”的叠影；而那“容与”之态，风神卓绝，不也宛然可见《湘君》《湘夫人》中“聊逍遥兮容与”的湘水配偶神的身姿吗？“长无绝”的“春兰与秋菊”，则是对绿色植物所象征的生命力的讴歌。“蕙肴”“兰藉”“桂酒”“椒浆”“兰汤”“桂舟”“薜荔柏”“蕙绸”“荪桡”“兰旌”“桂櫂”“兰枻”“荷盖”“荪壁”“紫坛”“桂栋”“兰橑”“辛夷楣”“药房”“蕙櫋”

"荷衣""蕙带""辛夷车""桂旗""杜若""芙蓉""白薠""蘋""茝""石兰""杜蘅""疏麻""瑶华""麋芜""女萝""幽篁""松柏",《九歌》中神灵的生活物品与生活环境充满各种芳美植物的郁郁生气,突出表现了对美好事物的憧憬和对生生不息的生命的礼赞。从这个意义上说,"春兰与秋菊,长无绝兮终古"正可以作为《九歌》祀神祈福的主旋律。

卷三　天问

【原文】

曰遂古之初①，
谁传道②之？
上下未形③，
何由考④之？

冥昭瞢闇⑤，
谁能极⑥之？
冯翼⑦惟像，
何以识之？

明明闇闇⑧，
惟时何为⑨？
阴阳三合⑩，
何本何化⑪？

圜则九重⑫，
孰营度⑬之？
惟兹何功⑭，
孰初作之？

斡维焉系⑮，
天极焉加⑯？

八柱何当[17]，
东南何亏[18]？

九天之际[19]，
安放安属[20]？
隅隈多有[21]，
谁知其数？

天何所沓[22]？
十二焉分？
日月安属？
列星安陈？

出自汤谷[23]，
次于蒙汜[24]。
自明及晦，
所行几里？

夜光[25]何德，
死则又育[26]？
厥利维何[27]，
而顾菟[28]在腹？

女歧无合[29]，
夫焉取九子？
伯强[30]何处？
惠气[31]安在？

何阖[32]而晦？
何开而明？
角宿[33]未旦，
曜灵[34]安藏？

不任汩鸿[35]，
师何以尚之[36]？
佥[37]曰“何忧”，
何不课[38]而行之？

鸱[39]龟曳衔，
鲧何听焉[40]？
顺欲[41]成功，
帝何[42]刑焉？

永遏[43]在羽山，
夫何三年不施[44]？
伯禹愎鲧[45]，
夫何以变化？

纂就前绪[46]，
遂成考[47]功。
何续初继业[48]，
而厥谋不同？

洪泉[49]极深，
何以寘[50]之？
地方九则[51]，

何以坟[52]之？

河海应龙[53]？
何尽何历？
鲧何所营[54]？
禹何所成？
康回冯怒[55]，
墬[56]何故以东南倾？

九州安错[57]？
川谷何洿[58]？
东流不溢，
孰知其故？

东西南北，
其修[59]孰多？
南北顺堕[60]，
其衍[61]几何？

昆仑县圃[62]，
其凥[63]安在？
增城[64]九重，
其高几里？

四方之门[65]，
其谁从焉？
西北辟启，
何气通焉？

日安不到？
烛龙[66]何照？
羲和之未扬[67]，
若华[68]何光？

何所[69]冬暖？
何所夏寒？
焉有石林？
何兽能言？

焉有虬龙[70]、
负熊以游[71]？

雄虺[72]九首，
儵忽[73]焉在？
何所不死？
长人何守[74]？

靡蓱九衢[75]，
枲华安居[76]？
灵蛇吞象，
厥大何如？

黑水、玄趾，
三危[77]安在？
延年不死，
寿何所止？

鲮鱼[78]何所？
鬿堆焉处[79]？
羿焉彃日[80]？
乌焉解羽[81]？

禹之力献功[82]，
降省[83]下土四方。
焉得彼嵞山女[84]，
而通之於台桑[85]？

闵妃匹合[86]，
厥身是继[87]。
胡为嗜不[88]同味，
而快朝饱[89]？

启代益作后[90]，
卒然离蠥[91]。
何启惟忧[92]，
而能拘是达[93]？

皆归射鞠[94]，
而无害厥躬[95]。
何后益作革[96]，
而禹播降[97]？

启棘宾商[98]，
《九辩》《九歌》。

何勤子屠母[99]，

而死分竟地[100]？

【注释】

①遂:通“邃”。遂古,太古。初:始。

②道:通“导”,传道,流转导引。

③上下:天地。形:成形。

④考:成。一说考察。

⑤冥昭:晦明,黑暗与光亮。瞢闇:谓昼夜未分,混沌不明的样。

⑥极:究极,从根本上去了解、说明。

⑦冯翼:浑沌貌,空蒙貌。

⑧明明闇闇:指昼夜晦明。

⑨时:是,此。为:谓。

⑩三:读为“参”。三合,参合。

⑪本:宇宙的本体。化:宇宙的变化。

⑫圜:同“圆”,指天。则:体制。

⑬营度:环而量度。

⑭功:同“工”,工程。

⑮斡:指天体旋转的轴。维:系物的大绳。

⑯天极:即北辰,北极。

⑰八柱:支撑天的八座山。何当:对着哪儿。当,对。

⑱亏:缺损。

⑲九天:此指天的中央和八方(从一个平面上而言)。际:边。

⑳放:至。属:连属。

㉑隅:角落。隈:弯曲。

㉒沓:交会。

㉓汤谷:即旸谷,日出的地方。

㉔次:住宿。蒙:水名。汜:水边。

㉕夜光:指月亮。

㉖育:生。

㉗厥:其,指夜光。利:借为"黧",黑色。指月中黑影。

㉘顾菟:即"顾兔",传说中月中之兔。闻一多《古典新义》谓即蟾蜍之异名。

㉙女岐:当为月神常仪。王逸注但称其为"神女"。合:匹配。

㉚伯强:神名,疑为北海之神禺强。王逸注则谓之为"大厉疫鬼"。

㉛惠气:祥瑞惠和之气。

㉜阖:关闭。

㉝角宿:星宿名。二十八宿之一,东方苍龙七宿的第一宿,有星两颗,属室女座。

㉞曜灵:太阳。

㉟汩:治理。鸿:即"洪",指洪水。

㊱师:众人。尚:上,推举。

㊲佥:皆,都。

㊳课:试。

㊴鸱:猫头鹰。

㊵鮌:即鲧。听:当读为"圣",圣德。此句与前句上下倒装,言鮌有何圣德,而鸱龟之属,或曳或衔,佐其治水。

㊶顺欲:疑为"川""谷"两字的形衍。

㊷刑:施刑。

㊸永遏:长久囚系。

㊹施:舍,通作"弛"。

㊺愎:一作"腹",似为后字之误。腹鲧,从父亲鲧的肚子里生出来。

㊻纂:同"缵",继承。绪:事业。

㊼考:禹之父鲧已死,故称考。

㊽续初继业:指继承父亲的事业。

㊾泉:渊。

㊿寘:同“填”。

51九则:以土地的美恶九等定则。

52坟:分。

53应龙:有翼的龙。据说夏禹治水时,有应龙以尾画地,泄导水流,水泉即流通。此句与下旬原作“河海应龙,何尽何历”,从一本改。按:此处疑有夺误或错简。因《天问》韵例皆以四句为则,全篇无例外,独此二句与下文“焉有”二句不入韵。

54营:惑乱。

55康回:水神共工名。共工与颛项争为帝,怒而触不周山,天柱折,地维绝,因此天倾西北,地不满东南。冯怒:盛怒,大怒。

56墬:“地”的古字。

57错:同“措”,置。

58洿:挖水池。

59修:长。

60椭:此指狭长。

61衍:余,余数。

62县圃:传说中神仙所居之地,在昆仑山上。

63尻:尾。

64增城:古代神话传说中的地名。《淮南子·蟹形训》:“据昆仑墟以至地,中有增城九重,其高万一千里百一十四步二尺六寸。”

65四方之门:谓昆仑之门。

66烛龙:传说中的神龙。人面蛇身,能把日光照不到的地方照亮。

67羲和:神话传说中御车载日的神。扬:指扬鞭东行。

68若华:若木的花。若木,神话传说中的树。

69所:处。

70虬龙:传说中的一种龙,无角。此处当从朱熹《楚辞集注》作“龙划”,与下旬叶韵。

⑦负:借为“娘”,即“妇”。游:游牝,指与熊交媾,鲧有化为黄熊人于羽渊之说,疑此为鲧生禹说一事之分化。

⑦雄虺:传说中的大毒蛇。《楚辞·招魂》:“雄虺九首,往来偏忽,吞人以益其心些。”

⑦儵忽:倏忽,叠韵连绵词,疾急的样子。

⑦长人:此指长寿之人。守:操持,指长寿之人所持养生之术。

⑦靡蓱:蔓延而生的萍草。靡,曼。蓱,水中浮萍。衢:树根盘错,此指水草根叶纠缠。

⑦枲:麻的别名。华:即“花”。

⑦黑水、玄趾、三危:皆西南地名。玄趾,即交趾,玄交形近而误。

⑦鲮鱼:传说中的一种怪鱼,即《山海经》中所说的陵鱼,人面人手鱼身,见则风涛起。

⑦鬿:义同“魁”。堆:即鸥,雀也。鬿堆,即大雀。《山海经》说它状如鸡而白首,鼠足,食人。

⑧羿:尧时人,善射。彃:与射同义。

⑧乌:乌鸦,指日中之金乌,也是日的代称。解羽:羽毛脱落。此谓羿射九日之事。

⑧献功:圣功。《尔雅·释言》:“献,圣也。”

⑧降省:降临省视。

⑧嵞:同“涂”。涂山,古国名。禹娶涂山之女,生启。

⑧通:通婚。台桑:地名。

⑧闵:同“悯”,爱怜。妃:匹配,谓禹之配偶涂山之女。

⑧厥身是继:指涂山氏怀了禹的儿子。

⑧嗜不:王叔师注谓二字当作“嗜欲”,可从。嗜欲同味,指所好与众人一样。

⑧饱:当为“食”之误。朝食,是古代人关于男女交媾的隐语。

⑨启:禹的儿子。益:伯益,禹的大臣。后:君。按:此句谓禹死后益立为君,启与益争帝,终代益而立。

⑨①离:遭。蠥:忧,难。

⑨②惟:读如“罹”。惟忧,犹罹忧,遭难。

⑨③能:乃。拘:谓启为益所拘。拘,囚禁。达:通利,指启在囚禁中脱身。

⑨④射鞠:当作“鞠躬”,意为敬谨。射,系“躬”之误。

⑨⑤害:恶。无害厥躬,言其身无恶。

⑨⑥作:读如“祚”,福祚。革:革除。

⑨⑦播:读如“藩”,藩衍,指后嗣而言。降:大。

⑨⑧棘:朱熹《楚辞集注》谓当作“梦”。商:朱熹《楚辞集注》谓当作“天”。启棘宾商,即启梦见上天做了天帝的客人。

⑨⑨勤:笃厚。勤子,犹贤子。屠母:传说启破母腹而生,故云。

⑩⓪死:同“屍”(今简为“尸”)。竟地:遍地,满地。

【译文】

请问远古开始之时,
谁将此态流传导引?
天地尚未成形之前,
又从哪里得以产生?

明暗不分浑沌一片,
谁能探究根本原因?
迷迷蒙蒙这种现象,
怎么识别将它认清?

白天光明夜晚黑暗,
究竟它是为何而然?
阴阳参合而生宇宙,
哪是本体哪是演变?

天的体制传为九重。
有谁曾去环绕量度？
这是多么大的工程。
是谁开始把它建筑？

天体轴绳系在哪里？
天极不动设在哪里？
八柱撑天对着何方？
东南为何缺损不齐？

平面上的九天边际，
抵达何处联属何方？
边边相交隅角很多，
又有谁能知其数量？

天在哪里与地交会？
黄道怎样十二等分？
日月天体如何连属？
众星在天如何置陈？

太阳是从旸谷出来。
止宿则在蒙汜之地。
打从天亮直到天黑，
所走之路究竟几里？

月亮有着什么德行，
竟能死了又再重生？

月中黑点那是何物，
是否兔子腹中藏身？

神女女岐没有配偶，
为何能够产下九子？
伯强之神居于何处？
天地瑞气又在哪里？

天门关闭为何天黑？
天门开启为何天亮？
东方角宿还没放光，
太阳又在哪里匿藏？

鲧既不能胜任治水。
众人为何将他推举？
都说没有什么担忧，
为何不让试着做去？

鸱龟相助或曳或衔，
鲧有什么神圣德行？
治理川谷也见功劳，
尧帝为何对他施刑？

将鲧长久禁闭羽山。
为何三年还不放他？
大禹从鲧腹中生出，
治水方法怎样变化？

接手先人未竟事业，
终使父亲遗志成功。
为何继承前任遗绪，
他的谋略却不相同？

洪水如渊深不见底。
怎样才能将它填塞？
天下土地肥瘠九等，
怎样才能划分明白？

应龙如何以尾画地？
河海如何流通顺利？

鲧是什么使他意乱？
禹是什么使他事成？
水神共工勃然大怒，
东南大地为何侧倾？

九州大地如何安置？
河流山谷怎样疏浚？
东流之水总不满溢，
谁知这是什么原因？

东西南北四方土地。
哪边更长哪边更多？
南北顺量比较狭长，
长出地方又有几何？

昆仑山上玄圃仙境，
它的尾部又在哪里？
山中还有增城九重，
它的高度又有几里？

昆仑山的四面门户，
什么人物由此出入？
西北两面大门敞开，
什么气息通过此处？

太阳光辉哪儿不到？
烛龙又能照耀何方？
羲和还没御日出行，
若木之花为何放光？

什么地方冬日长暖？
什么地方夏日长寒？
哪儿又有岩石成林？
什么野兽会发人言？

哪儿有着独角虬龙，
以熊为妇游牝从容？

雄的虺蛇九个头颅，
来去迅捷生在何处？
不死之国哪里可找？
长寿之人持何神术？

萍草蔓延根茎盘错，
枲麻长在哪儿开花？
一条长蛇吞下大象，
它的身子又有多大？

黑水之地玄趾之民，
还有三危都在哪里？
延年益寿得以不死，
生命久长几时终止？

奇形鲮鱼生于何方？
怪鸟魁堆长在哪里？
后羿怎样射下九日？
日中之乌如何解体？

大禹尽力成其圣功，
降临省视天下四方。
哪儿得来涂山之女，
与她结合就在台桑？

爱涂山女与之匹配，
得到继嗣儿子出生。
为何嗜欲与人同味，
求欢饱享一朝之情？

启代伯益作了国君，
终究还是遇上灾祸。
为何启会遭此忧患，

身受拘囚又能逃脱？

都是勤谨鞠躬尽瘁，
没有损害他们自身。
为何伯益福祚终结，
禹的后嗣繁荣昌盛？

夏启做梦上天作客，
得到九辩九歌乐曲。
为何贤子竟伤母命，
使她肢解满地尸骨？

【赏析】

《天问》是屈原所作楚辞中的一篇“奇”文：说它奇，不仅由于艺术的表现形式不同于屈原的其他作品，更主要的是从作品的构思到作品所表现出来的作者思想的“奇”——奇绝的内容显示出作者惊人的艺术才华，表现出诗人非凡的学识和超卓的想象力！

何谓“天问”？王逸《楚辞章句》说：“何不言‘问天’？天尊不可问，故曰‘天问’。”又据传屈原被逐，忧心愁惨，彷徨山泽，过楚先王之庙及公卿祠堂，看到壁上有天地、山川、神灵、古代贤圣、怪物等故事，因而“呵壁问天”，这种说法虽有一定历史文献的记载及文物可作参考，但未必就是屈原写《天问》的真实起因。《天问》中，问天地、日月、山川、灵异之外，它所涉及的人事，大多有当时的现实意义。因此，屈原所提出的问题不会是仅仅根据庙堂壁画。而是有他主观上的选择并经他精心撰写的。从全文的先后次序来看，先天地自然后三代史实，而以楚国的贤君愚臣作为结尾，这里显著地表明了作者自己的思想动机与创作意图，因此，这篇包含着作者深层思想结晶的《天问》，不可能是他“呵壁问天”的即兴之作。

《天问》是屈原思想学说的集粹，所问都是上古传说中不甚可解的怪事、大事，“天地万象之理，存亡兴废之端，贤凶善恶之报，神奇鬼怪之说”，他似乎是要求得一个解答，找出一个因果。而这些问题也都是春秋、战国以来的许多学人所探究的问题，在诸子百家的文章里，几乎都已讨论到。屈子的《天问》则以惝恍迷离的文句，用疑问的语气说出来以成此钜制，这就是屈子所以为诗人而不是“诸子”的缘由。而“天”字的意思，战国时代含义已颇广泛。大体说来，凡一切远于人、高于人、古于人，人所不能了解，不能施为的事与物，都可用“天”来统摄之。对物质界说，又有本始、本质、本原的意思。《易·系词》中说：“法象莫大乎天地。”《天问》的天，也颇有指一切法象的意味，与道家的“道”字，《易经》的“易”字，都是各家用以代表这些“法象”的名词，屈原为楚之宗室重臣，有丰富的学识和经历，以非凡才智作此奇文，颇有整齐百家、是正杂说之意，《天问》的光辉和价值也就很清楚地呈现于读者面前了！

从全诗的结构及内容来看，全诗372句1553字，是一首以四字句为基本格式的长诗，对天文、地理、历史、哲学等许多方面提出了一百七十多个问题，这些问题有许多是在他那个时代尚未解决而他有怀疑的，也有明知故问的，对许多历史问题的提问，往往表现出作者的思想感情、政治见解和对历史的总结、褒贬；对自然所提的问题，表现的是作者对宇宙的探索精神，对传说的怀疑，从而也看出作者比同时代人进步的宇宙观、认识论。《天问》以新奇的艺术手法表现精深的内容，使之成为世界文库中绝无仅有的奇作。

全诗总体看来大致可分两大部分。每部分中又可分为若干小节。

从篇首至“曜灵安藏”，这部分屈原问的是天，宇宙生成是万事万物的先决，这便成了屈原问难之始，其中从“遂古之初”至“何以识之”问的是天体的情况，“明明闇闇”四句讲宇宙阴阳变化的现象。第二小节自“圜则九重”到“曜灵安藏”则是对日月星辰提问：它们何以不会坠落？太阳每日要走多少路，月亮何以有阴晴圆缺？以及有关日月的一些传说的疑问。从“不任汩鸿”起问的地事，从禹治水过渡到“九州安错……何气通焉”说的是古传说中关于地球的一些情况，而“日安不到”以下六句则就地球上所看到的日月现象发问。第三节从“焉有石林”到“乌焉解羽”一节多为二句一问，都是当时民间传说中的怪事。

以上《天问》的第一大部分，大体是就自然界的事物发问，并联想到与自然有关的一些神话与历史传说，文章富有变化，联想丰富而有情致，除少数可能有错简外，不能以后人习惯的文章结构之法去看它，而认为是“与上下文不属”，杂乱而无章法。

从“禹之力献功”起，对大量的神话故事和历史传说与史实提出了问题，这些各种各样的人事问题构成了《天问》的第二大部分。

女岐、鲧、禹、共工、后羿、启、浞、简狄、后稷、伊尹……屈原对这些传说中的事和人，一一提出了许多问题，在对这些人与神的传说的怀疑中，往往表现着诗人的情感、爱憎。尤其是关于鲧禹的传说，表现了作者极大的不平之情，他对鲧治水有大功而遭极刑深表同情，在他看来，鲧之死不是如儒家所认为的是治水失败之故，而是由于他为人正直而遭到了帝的疑忌，这种“问”，实际上表现了诗人对自己在政治斗争中所遭遇到的不平待遇的愤懑，《天问》的思想光辉就应当是这样来理解的。

自“天命反侧”起则进一步涉及商周以后的历史故事和人物诸如舜、桀、汤、纣、比干、梅伯、文王、武王、师望、昭王、穆王、幽王、褒姒直到齐桓公、吴王阖庐、令尹子文……，屈原提出的好多问题，充分表现了作者对历史政治的正邪、善恶、成败、兴亡的看法，这些叙述可以看成是这位“博闻强志”的大诗人对历史的总结，比《离骚》更进一步、更直截了当地阐明了自己的政治主张，而对楚国政治现实的抨击，也是希望君主能举贤任能，接受历史教训，重新治理好国家的一种变幻了的表现手法。

《天问》的艺术表现手法主要是以四字为句，以问的形式从一个问题联想到另一个问题。细细读去还是可以理清脉络，弄明主脑的。《天问》在语言运用上与屈赋的其他篇章不尽相同，通篇不用“兮”字，也没有“些”“只”之类的语尾助词。句式以四言为主，间杂以三、五、六、七言。大致四句为一节，每节一韵，节奏、音韵自然协调。有一句一问、二句一问、三句一问、四句一问等多种形式。又用“何”“胡”“焉”“几”“谁”“孰”“安”等疑问词交替使用，富于变化，因而尽管通篇发问，读来却圆转活脱而不呆板，参差错落而有风致，所以前人评论说："或长言，或短语，或错综，或对偶，或一事而累累反覆，或数事而熔成一片，其文或峭险，或澹宕，或佶倔，或流利，诸法备尽，可谓极文章之变态。"这构成了《天问》独特的艺术风格，当然它表现的是屈原的学术思想，问的是实实在在的问题。因此在修辞手法上，自然没有像《离骚》《九歌》《九章》那样绮丽而富于浪漫色彩，但正如清贺裳《骚筏》所评"其词与意，虽不如诸篇之曲折变化，自然是宇宙间一种奇文"。

《天问》问世之后，摹拟的作品为数不少。晋傅玄有《拟天问》，梁江淹有《遂古篇》，唐杨炯有《浑天问》、柳宗元有《天对》，明方孝孺有《杂问》、王廷相有《答天问》，清李雯也有《天问》……可见其对后世文学创作思想的深远影响。但摹拟之作大多既缺乏思想价值也缺乏文学价值。

总之《天问》是中国文学史上极具特色而有很特殊意义的文学杰作，在中国文学史和世界文学史上都有它相当高的价值与地位。

卷四　九章

惜诵

【原文】

惜诵以致愍兮[①]，
发愤以抒情。
所作忠[②]而言之兮，
指苍天以为正。

令五帝以析中兮[③]，
戒六神与向服[④]。
俾山川以备御兮[⑤]，
命咎繇使听直[⑥]。

竭忠诚以事君兮，
反离群而赘肬[⑦]。
忘儇[⑧]媚以背众兮，
待明君其知之。

言与行其可迹兮，
情与貌其不变。
故相臣莫若君兮，

所以证之不远。

吾谊[9]先君而后身兮，
羌[10]众人之所仇也。
专惟[11]君而无他兮，
又众兆[12]之所雠。

壹心而不豫[13]兮，
羌不可保也[14]。
疾[15]亲君而无他兮，
有招祸之道也。

思君其莫我忠兮，
忽忘身之贱贫。
事君而不贰[16]兮，
迷不知宠之门[17]。

忠何罪以遇罚兮，
亦非余心之所志[18]。
行不群以巅越[19]兮，
又众兆之所咍[20]。

纷逢尤以离谤兮[21]，
謇[22]不可释也。
情沉抑[23]而不达兮，
又蔽而莫之白[24]。

心郁邑余侘傺兮[25]，

又莫察余之中情。
固烦言不可结诒兮[26]，
原陈志而无路。

退静默而莫余知兮，
进号呼又莫吾闻。
申侘傺之烦惑兮，
中闷瞀之忳忳[27]。

昔余梦登天兮，
魂中道而无杭[28]。
吾使厉神[29]占之兮，
曰："有志极而无旁[30]。"

"终危独以离异兮？"
曰："君可思而不可恃。
故众口其铄金兮[31]，
初若是而逢殆[32]。"
惩於羹者而吹齑兮[33]，
何不变此志也？
欲释[34]阶而登天兮，
犹有曩[35]之态也。

众骇遽[36]以离心兮，
又何以为此伴也[37]？
同极而异路兮，
又何以为此援也？

晋申生[38]之孝子兮，
父信谗而不好[39]。
行婞直而不豫兮[40]，
鲧功用而不就[41]。”

吾闻作忠以造怨兮[42]，
忽谓之过言[43]。
九折臂[44]而成医兮，
吾至今而知其信然。

矰弋机而在上兮[45]，
罻罗张而在下[46]。
设张辟[47]以娱君兮，
原侧身[48]而无所。

欲儃佪以干傺兮[49]，
恐重患而离尤[50]。
欲高飞而远集[51]兮，
君罔谓女何之[52]？

欲横奔而失路兮[53]，
坚志而不忍。
背膺牉以交痛兮[54]，
心郁结而纡轸[55]。

檮木兰以矫蕙兮[56]，
糳[57]申椒以为粮。
播江离与滋[58]菊兮，

原春日以为糗[59]芳。

恐情质[60]之不信兮，
故重[61]著以自明。
矫兹媚以私处兮[62]，
愿曾思而远身[63]。

【注释】

①惜诵：以悼惜的心情来陈述自己因直言进谏而遭谗被疏的事实。惜，悼惜。诵，进谏。愍：忧患。

②所作忠：古誓词，当从一本作“所非忠”。

③五帝：五方天神。析：辨析。中：刑书。

④六神：六宗之神，谓日、月、星、水旱、四时、寒暑的神。与：同“以”。嚮服：对证有无罪状。嚮，同“向”。

⑤山川：名山大川之神。备御：备用，指陪审。

⑥咎繇：即“皋陶”，舜的法官。听直：听其罪罚之当值。

⑦赘肬：身上多余的肉。

⑧儇：轻佻。

⑨谊：与“义”同。

⑩羌：乃。

⑪惟：思。

⑫众兆：众庶兆民。

⑬豫：犹豫。

⑭羌：乃。不可保：不得自保。

⑮疾：急切，极力。

⑯不贰：专一。

⑰宠之门：邀宠之门。

⑱志:知。

⑲巅越:颠蹶。

⑳咍:嗤笑。

㉑纷:盛。逢尤:姜亮夫《屈原赋校注》释为蜂涌。离谤:遭到诽谤。离,遭遇。

㉒謇:巧辩之言。

㉓沉抑:沉闷、压抑。

㉔白:表露。

㉕郁邑:同"郁悒",愁闷。侘傺:失意。

㉖烦言:纷烦之言。结诒:封寄。

㉗闷瞀:即闷懑,心绪烦闷。忳忳:烦闷的样子。

㉘无杭:当为"方沆"之误,即彷徨。

㉙厉神:灵神,为人们占梦的灵巫。

㉚志极:中正之道。旁:指偏颇之行。

㉛众口铄金:众人的言论能够熔化金属。喻众口同声可混淆视听。

㉜若是:如此。殆:危险。

㉝惩:戒。羹:滚汤。齑:切成细末的菜,是冷食品。

㉞释:姜亮夫《屈原赋校注》释为"置"。

㉟曩:往昔。

㊱骇遽:惊惧。

㊲伴:姜亮夫《屈原赋校注》谓与下文"又何以为此援也"之"援"为叠韵联绵字,分作两韵字用,为古诗用韵之一法。伴援,犹"畔援",义为跋扈。

㊳申生:晋献公的太子。

㊴信谗:晋献公听信后妻骊姬谗言,申生被迫自杀。好:爱。

㊵婞直:刚直。豫:逸豫,引伸为宽和。

㊶鮌:即"鲧",禹的父亲。功用而不就:指鲧因为治水不成,被舜所杀。

㊷作忠:作忠臣。造怨:招来嫉怨。

㊸忽:忽略。过言:过甚其辞的言论。

㊹九折臂:古成语云:"九折臂而成良医。"或云:"三折肱知为良医。"三、九皆虚数,非实指,意为经验多了,可成良医。

㊺矰弋:带绳线发射的箭。机:弩机,此处作动词用,指张机待发。

㊻罻罗:捕鸟的网。张:张设。

㊼张辟:亦作"机臂",捕捉鸟兽的工具,一说为弩身。娱:通"虞",欺骗。

㊽侧身:侧身远避。

㊾儃佪:徘徊。干傺:干进、求进。

㊿重患:增加祸患。离:遭。尤:过。

(51)集:止集。

(52)罔谓:无谓,岂不会说。之:往。

(53)横奔而失路:放开脚步奔行而迷失道路。

(54)膺:胸。牉:分。

(55)纡:萦绕。轸:痛。

(56)梼:当从一本作"舂"。矫:揉。

(57)糳:舂。

(58)滋:通"莳",即栽、种。

(59)粻:干粮。

(60)情质:姜亮夫《屈原赋校注》谓犹今言情之所衷。

(61)重:郑重。

(62)矫:即"挢",举。媚:好。私处:自处。

(63)曾思:反复思量。远身:隐身远去。

【译文】

怀着悼惜进谏表达忧悯之忧,
发愤抒发我的一腔衷情。
如果我所说的不是出于忠诚,
可以指着苍天来为我作证。

令五方之帝辨析刑书条文，
告六宗之神对证控罪之词。
使山川之神备用陪审，
命皋陶作法官裁决曲直。

竭尽忠诚以服务于国君，
反而遭受摈弃被视为赘疣。
忘了儇薄谄媚而与众人相背，
等待着明君可能的知己之求。

我的一言一行都有迹可寻，
内情与外貌也难以改变。
观察臣下没有比国君清楚的，
因为他的证验真切不远。

我的道义是先思君而后思己，
结果遭到众人的怨恨。
专心思君而没有其他杂念，
还是被众人视为仇人。

一心一意没有犹豫，
遂至不能明哲保身。
急切亲近国君没有其他念头，
这又成了招惹祸患的原因。

思君没有谁比得上我的忠贞，
轻忽了自身现已贱贫。

服务于国君绝无二心，
但暗昧不知道取宠的门径。

忠心耿耿何以有罪受罚？
这本不是我心中所认得清。
行为不合流俗因而颠蹶，
又惹众人的嘲笑讥讽。

纷纷不断地遭受责难诽谤，
巧言加罪令人无法解释冤屈。
情绪低沉压抑不能上达，
又受人蒙蔽而无处表白陈述。

心中愁闷我失意彷徨，
又没有人察知我的胸中之情。
纷繁的言语固然不能封寄，
愿意陈说心志却无路可寻。

退隐时静默无言没人知道，
前进时号叫呼喊没人听见。
再加以失意的烦乱迷惑，
心中郁闷昏沉十分惘然。

过去我曾梦见上了天庭，
我的灵魂行至半路无法前进。
我使主杀罚的厉神占梦，
占词说："你有中正之道而无偏颇之行"
"结果是危险独立遭遇异样?"

他说:“国君可思念而不可仰仗。
所以众口诋毁会把金子熔化,
你只不过这样而遭到了祸殃。”

受了滚汤的烫见凉菜要吹气,
你为什么不改变你的主意?
想找个梯子爬到天上去,
这仍是旧的想法老的脾气。

“众人惊骇你的作为与你离心,
又怎样对待这些跋扈之人?
事君的目的相同方法却大异,
又怎样应付这些跋扈之臣?

晋太子申生本来非常孝顺,
父亲听信谗言就对他不喜欢。
行为刚直而不能宽和,
鲧治水的功业就没法完满。”

我曾听说做忠臣要招来嫉怨,
心怀轻忽以为言过其实。
九次手臂骨折自己也成良医,
我如今才知道确有此事。

他们把短箭装好对着天空,
他们把网子张开对着地头。
设置圈套来欺骗国君,
愿侧身远避也无处可投。

想流连徘徊一下以求进用，
恐怕增加祸患有罪要受。
想高高飞去远远栖止，
国君岂不又会说你为何要走？

想放足奔行不管迷失道路，
但志向坚定不忍违背初衷。
好似背与胸被剖开前后都疼，
内心郁结而隐隐作痛。

舂细木兰并揉碎蕙草，
又精磨大椒充当食粮。
播种江离培植菊花，
愿到了春日作干粮喷喷香。

恐怕情之所钟终不见信，
所以要郑重申说表明己意。
举示了这些美德而守正独处，
愿反复思量引身远离。

【赏析】

关于“惜诵”二字，历来有着各种不同的解释。王逸《楚辞章句》说：“惜，贪也；诵，论也。”“言己贪忠信之道，可以安君，论之于心，诵之于口，至于身以疲病，而不能忘。”洪兴祖《楚辞补注》说：“惜诵者，惜其君而诵之也。”朱熹《楚辞集注》说：“惜者，爱而有忍之意。诵，言也。”“言始者爱惜其言，忍而不发，以致极有忧愍之心。”王夫之《楚辞通释》说：“惜，爱也。诵，诵读古训以致谏也。"林云铭《楚辞灯》说:"惜,痛也,即《惜往日》之惜。不在位而犹进谏,比之矇诵,故曰诵。""言痛己因进谏而遇罚,自致其忧也。"蒋骥《山带阁注楚辞》说:"惜,痛也。诵,公言之也。""盖原于怀王见疏之后,复乘间自陈,而益被谗致困,故深自痛惜,而发愤为此篇以白其情也。"戴震《屈原赋注》说:"诵者,言前事之称。惜诵,悼惜而诵言之也。"姜亮夫《屈原赋校注》赞同林云铭的说法。游国恩《楚辞论文集》则认为"《惜诵》是喜欢谏诤的意思",释"惜"为爱好,以"诵"为谏诤。

自王逸以来的各家说法,都有一定的合理的成分,但哪一种解释更加接近屈原原来的意思呢?按此篇与《离骚》意旨相近,当是受谗被疏之后的作品。因此,篇名之"惜"字以戴震的解释为近,而"诵"字,则以林云铭等人的说法为好,合起来解释,"惜诵"就是以痛惜的心情,来称述自己因直言进谏而遭谗被疏之事。

关于本篇的写作时期,历来有两种意见:一认为作于怀王时期,二认为作于顷襄王时期。大部分学者同意第一种意见,而王夫之《楚辞通释》、郭沫若《屈原研究》持第二种意见。从作品内容看,本篇不如《离骚》那么沉痛,也看不出已遭放逐的迹象,汪瑗《楚辞集解》认为"大抵此篇作于谗人交构,楚王造怒之际,故多危惧之词,然尚未放逐也。"这一说法比较符合实际情况。至于具体的作时,蒋骥《山带阁注楚辞》认为作于"初失位"时,亦即怀王十六年(前313年)左右。夏大霖《屈骚心印》、游国恩《楚辞概论》等均同,林云铭则认为作于怀王十七年,姜亮夫《屈原赋校注》认为"其三十岁初放时之作",陆侃如《屈原评传》认为作于怀王二十四年。从当时的时代背景来分析,怀王十六年是楚国政治的转折点,从这一年后,楚国开始走下坡路,屈原也遭谗被疏。所以,本篇作于怀王十六七年是有可能的。

《惜诵》是《九章》的第一篇,叙述自己在政治上遭受打击的始末,和自己对待现实的态度,基本内容与《离骚》前半篇大致相似:故有"小离骚"之称。

全篇可划分为五段。

从开头至"命咎繇使听直"为第一段,讲述自己写本篇作品的起因,那是因为有人在楚王面前进了谗言,说自己不忠于楚国及其国君,楚王乃发雷霆之怒，疏远了屈原，屈原愤懑之极，不禁对天发誓：我对楚王是一片忠诚，天地鬼神可鉴。屈原还设想召来五方天帝、日月星辰、山川神祇和古代正直的法官，组成一个公正的法庭，来听取自己的申诉，并作出公正的评判。

接下来是申诉的开始，从“竭忠诚以事君兮”至“有招祸之道也”十六句为第二段，这一节是诉讼的正辞，意在阐明两个问题：一是自己竭诚事君，专心无二；二是自己日月可鉴的一片忠心却成了“招祸之道”。“竭忠诚”二句，是屈原说自己忠而被谤，以致被疏而离群独处的事实。“忘儇媚”二句言自己被谗谤的原因，此实望君之参验而考实。“言与行其可迹兮”四句，承上文之意，申说参验考实是可以办到的，为提出申诉作引。“壹心而不豫兮”四句申述自己言行的动机，一切皆是为楚王着想，并无他意，但却因此招祸。

“思君其莫我忠兮”至“中闷瞀之忳忳”为第三段，述自己心情的忧苦。“思君”四句进一步说明自己是“先君而后身”，从未把宠辱放在心上，暗示既不与小人比周，也不会对君王产生二心。“忠何罪”四句意谓遇罚倒不在乎，只是自己这样的结果会为国人所笑，紧承上文进一步抒发自己的愤懑心情。“纷逢尤”四句由“逢尤”“离谤”过渡到欲白于君。“忳郁邑余侘傺兮”四句紧承“莫之白”而申言之。“退静默”四句意为：退而静默不言，恐无人知道自己的苦心；进而大声疾呼，又怕无人会听。本段着重写自己陈志无路的心情，即“发愤以抒情”也。在上段中说“相臣莫若君”，此段进而写君王“荃不察余之中情”(《离骚》)。君既不知，只好“指苍天以为正”，只好寻厉神而占卜之，自然转入下文。

从“昔余梦登天兮”至“鲧功用而不就”为第四段，为占梦者对屈原的劝告，与《离骚》女媭一节，大意略同。“昔余梦”四句托为游仙，引入下文。“终危独”句为屈原问语：“我又问：是否要遭受疏远？”从“曰：君可思而不可恃”至“鲧功用而不就”为厉神的答语。“君不思”至“犹有曩之态也”为第一层意思，厉神指出屈原有目的而无道路，劝屈原放弃忠君，认为如果照“曩之态”那无疑是“欲登天而释阶”，根本不可能达到目的。接着“众骇遽”四句言楚王发怒后，本来同道的那些人都已离心背德，弃之而去。最后“晋申生”四句采用了二个比喻，说明孝子忠臣被说成不忠、不孝，是古已有之的事情。

“吾闻作忠以造怨兮”至最后为第五段，写屈原找厉神占梦以后的感想。楚国人观点如此，君王对自己的态度如此，留是不可能的，但去呢？却又不忍，那只有洁身自保而已。“吾闻”四句，朱熹《楚辞集注》析曰：“人九折臂，更历方药，乃成良医，故吾于今，乃知作忠造怨之语，为诚然也。”所用比喻简明恰当。“矰弋机”四句，言诗人遭谗被疏，如有矰弋在侧，竟无容身之地，真是左右为难。在这样的形势下，屈原该怎么办呢？“欲儃佪”八句屈原为自己设想了三条出路：一是儃佪，即逗留、等待，但这样唯恐再遭忧患；二是高飞远集，即远适他国，但到底去哪个国家呢？三是“横奔而失路”，即朱熹说的“妄行失道”或陈第说的“违道妄作”，就是与坏人们同流合污。但这三条路，选择任何一条都是十分不理想的，这使诗人“背膺牉以交痛兮，心郁结而纡轸”。这三条路都是不好走的呀，考虑再三的结果，还是另选其他的道路。“檮木兰以矫蕙兮”八句，用比喻之意，说自己还是保持自己美好的品德，远离这复杂肮脏的社会，快然独处吧！

本篇在艺术上有着十分鲜明的特点。首先，全篇洋溢着非常浓郁的浪漫主义色彩。作者发挥了丰富的想象力，虚构了一个实际上并不存在也不可能存在的虚幻的法庭，它由五方天帝、山川诸神、古代好法官共同组成。让他们来听取自己极度苦闷的倾诉，又虚构了一个厉神，让他在占梦时作答，如同女媭一样，给屈原以劝告和回答。这样的写法，使本篇诗作出现了一幅虚无缥缈的景象，引人入胜，给人以身临其境的艺术享受。其次，本篇诗作以十分细腻的笔调描摹了抒情主人公的意志活动和感情冲突。诗歌从对天发誓，写到进退维谷、百口莫辩的困境，登天占梦的幻境以及“檮木兰”“播江蓠”的精神境界，处处都写得波澜起伏，回旋曲折，扣人心弦。使读者深切地感受到诗歌抒情主人公所叙述的不幸遭遇，绝不仅仅关系到他个人一身，而是与国家的前途和命运密切相连的。再次，就是语言上的特点，本篇诗作直抒胸臆，语言真挚生动，朴素自然，尤其是“众口铄金”“九折臂而成医”等众多民间成语的运用，更使人感到通俗浅显，耳目一新。

涉江

【原文】

余幼好此奇服[1]兮，
年即老而不衰[2]。
带长铗之陆离兮[3]，
冠切云之崔嵬[4]。

被明月兮佩宝璐[5]，
世混浊而莫余知[6]兮，
吾方高驰而不顾[7]。
驾青虬兮骖白螭[8]，
吾与重华游兮瑶之圃[9]。

登昆仑兮食玉英[10]，
与天地兮同寿，
与日月兮齐光。
哀南夷之莫吾知兮[11]，
旦余济乎江湘[12]。

乘鄂渚而反顾兮[13]，
欸秋冬之绪风[14]。
步余马兮山皋[15]，
邸余车兮方林[16]。

乘舲船余上沅兮[17]，
齐吴榜以击汰[18]。
船容与[19]而不进兮，
淹回水而凝滞[20]。

朝发枉陼兮[21]，
夕宿辰阳[22]。
苟余心其端直兮[23]，
虽僻远之何伤[24]！

入溆浦余儃佪兮[25]，
迷不知吾所如[26]。
深林杳以冥冥兮[27]，
乃猿[28]狖之所居。

山峻高以蔽日兮，
下幽晦[29]以多雨。
霰雪纷其无垠兮[30]，
云霏霏而承宇[31]。

哀吾生之无乐兮，
幽独处乎山中。
吾不能变心而从俗兮，
固将愁苦而终穷[32]。

接舆髡首兮[33]，
桑扈臝行[34]。
忠不必用兮，

贤不必以[35]。
伍子逢殃兮[36]，
比干菹醢[37]。

与前世而皆然兮[38]，
吾又何怨乎今之人！
余将董道而不豫兮[39]，
固将重昏[40]而终身。

乱曰：
鸾鸟凤凰[41]，
日以远兮。
燕雀乌鹊[42]，
巢堂坛兮[43]。

露申辛夷[44]，
死林薄兮[45]。
腥臊并御[46]，
芳不得薄兮[47]。

阴阳易位[48]，
时不当[49]兮。
怀信侘傺[50]，
忽[51]乎吾将行兮！

【注释】

①奇服：奇伟的服饰，是用来象征自己与众不同的志向品行的。

②衰:懈怠,衰减。

③铗:剑柄,这里代指剑。长铗即长剑。陆离:长貌。

④切云:当时一种高帽子之名。崔嵬:高耸。

⑤被:同“披”,戴着。明月:夜光珠。璐:美玉名。

⑥莫余知:即“莫知余”,没有人理解我。

⑦方:将要。高驰:远走高飞。顾:回头看。

⑧虬:无角的龙。骖:四马驾车,两边的马称为骖,这里指用螭来做骖马。螭:一种龙。

⑨重华:帝舜的名字。瑶:美玉。圃:花园。“瑶之圃”指神话传说中天帝所句的盛产美玉的花园。

⑩英:花朵。玉英:玉树之花。

⑪夷:当时对周边落后民族的称呼,带有蔑视侮辱的意思。南夷:指屈原流放的楚国南部的土著。

⑫旦:清晨。济:渡过。湘:湘江。

⑬乘:登上。鄂渚:地名,在今湖北武昌西。反顾:回头看。

⑭欸:叹息声。绪风:余风。

⑮步马:让马徐行。山皋:山冈。

⑯邸:同“抵”,抵达,到。方林:地名。

⑰舲船:有窗的小船。上:溯流而上。

⑱齐:同时并举。吴:国名,也有人解为“大”。榜:船桨。汰:水波。

⑲容与:缓慢,舒缓。

⑳淹:停留。回水:回旋的水。这句是说船徘徊在回旋的水流中停滞不前。

㉑陼:同“渚”。枉陼:地名,在今湖南常德一带。

㉒辰阳:地名,在今湖南辰溪县西。

㉓苟:如果。端:正。

㉔伤:损害。这两句是说如果我的心是正直,即使流放在偏僻荒远的地方,对我又有什么伤害呢?

㉕溆浦：溆水之滨。儃佪：徘。这两句是说进入溆浦之后，我徘徊犹豫，不知该去哪儿。

㉖如：到，往。

㉗杳：幽暗。冥冥：幽昧昏暗。

㉘猿：长尾猿。

㉙幽晦：幽深阴暗。

㉚霰：雪珠。纷：繁多。垠：边际。这句是说雪下得很大，一望无际。

㉛霏霏：云气浓重的样子。承：弥漫。宇：天空。这句是说阴云密布，弥漫天空。

㉜终穷：终生困厄。

㉝接舆：春秋时楚国的隐士，佯狂傲世。髡首：古代刑罚之一，即剃发。相传接舆自己剃去头发，避世不出仕。

㉞桑扈：古代的隐士。臝：同"裸"。桑扈用裸体行走来表示自己的愤世嫉俗。

㉟以：用。这两句是说忠臣贤士未必会为世所用。

㊱伍子：伍子胥，春秋时吴国贤臣。逢殃：指伍子胥被吴王夫差杀害。

㊲比干：商纣王时贤臣，因为直谏，被纣王杀死剖心。菹醢：古代的酷刑，将人跺成肉酱。

㊳皆然：都一样。

㊴董道：坚守正道。豫：犹豫，踟躇。

㊵重：重复。昏：暗昧。这句是说必定将终身看不到光明。

㊶鸾鸟、凤凰：都是祥瑞之鸟，比喻贤才。这两句是说贤者一天天远离朝廷。

㊷燕雀、乌鹊：比喻谄佞小人。

㊸堂：殿堂。坛：祭坛。比喻小人挤满朝廷。

㊹露申：一做"露甲"，即瑞香花。辛夷：一种香木，即木兰。

㊺林薄：草木杂生的地方。

㊻腥臊：恶臭之物，比喻谄佞之人。御：进用。

㊼芳:芳洁之物,比喻忠直君子。薄:靠近。

㊽阴阳易位:比喻楚国混乱颠倒的现实。

㊾当:合。

㊿怀信:怀抱忠信。侘傺:惆怅失意。

51忽:恍惚,茫然。

【译文】

我自幼就喜欢这种奇装异服,
年纪虽然老了兴致仍不减退。
佩带着长剑光耀美丽,
头戴的切云冠耸立巍巍。

身披明月之珠腰缀美玉,
但举世混浊没人了解我,
我正向高处奔驰一点不回顾。
有角青龙驾辕无角白龙拉套,
我与舜帝重华同游瑶圃。

登上昆仑山以玉之精英为食,
要与天地同样万寿无疆,
要与日月一齐永放光芒。
哀痛南夷之人都不理解我,
天亮后我将渡过长江湘江。

登上鄂渚回头看看来路,
慨叹秋冬两季大风凌厉。
让我的马在水边高地散步,

将我的车在方林那里停息。

我乘着有窗的船只上溯沅水，
一齐挥动大桨劈波斩浪。
船只慢吞吞不能前进，
在逆流中凝滞彷徨。

早晨便从枉陼出发，
晚上便止宿在辰阳。
只要我内心端正忠直，
再幽僻荒远又有什么损伤。

进入溆浦我踌躇徘徊，
心中迷乱不知我要去哪里。
深深的树林幽远晦暗，
乃是猿猴群居栖息之地。

山峰高大险峻把太阳遮蔽，
下面幽深黑暗而又多阴雨。
雪珠雪花纷飞无边无际，
浮云流动低垂下接屋宇。

哀痛我这一生没一点乐趣，
深居独处就在大山之中。
我不能改变心志追随流俗，
所以怀着愁苦而终身困穷。

狂者接舆像罪人自行剃发，

隐士桑扈脱衣服裸身而行。
忠者不一定为世所用，
贤者不一定能受任命。
岂不见伍子胥身逢祸殃，
比干被剁成肉酱惨遭酷刑。

啊，以前的世代也都是这样，
我又何必怨恨现今的人。
我将依着正道而不犹豫，
哪怕困于黑暗终身不见光明。

尾声唱道：
鸾鸟凤凰那些俊鸟，
一天天地远飞难找。
燕雀乌鹊那些凡鸟，
却在庙堂坛坫上筑巢。

申椒与辛夷那些香草香木，
都在杂树丛中枯死凋零。
腥臊臊臭一起进用，
芳香反而不能靠近。

阴与阳已经颠倒位次，
时令节序也不得当。
满怀忠信却惆怅失意，
飘飘忽忽我将远行他方！

【赏析】

关于《涉江》篇的题旨，王逸《楚辞章句》说："此章言己佩服殊异，抗志高远，国无人知之者，徘徊江之上，叹小人在位，而君子遇害也。"汪瑗《楚辞集解》说："此篇言己行义之高洁，哀浊世而莫我知也。欲将渡湘沅，入林之密，入山之深，宁甘愁苦以终身，而终不能变心以从俗，故以'涉江'名之，盖谓将涉江而远去耳。"这两种意见都比较准确地概括出了本文的主题思想，以后学人对此文主题的解释大多与之相同。关于本篇的写作时间，则有许多分歧，大概有以下四种意见：一说是作于楚怀王时期，这种意见以汪瑗为代表，汪瑗《楚辞集解》认为本篇"末又援引古人以自慰，其词和，其气平，其文简而洁，无一语及壅君谗人之怨恨，其作于遭谗人之始，未放之先欤！与《惜诵》相表里，皆一时之作"。第二种说法是作于顷襄王初年，如林云铭《楚辞灯》说作于顷襄王二年（前297）。戴震《屈原赋注》也说："至此重遭谗谤，济江而南，往斥逐之所。盖顷襄王复迁之江南时也。"第三种意见认为作于被放逐期间，时约顷襄王九年，如蒋骥《山带阁注楚辞》说"《涉江》《哀郢》，皆顷襄时放于江南所作，然《哀郢》发郢而至陵阳，皆自西往东。《涉江》从鄂渚入溆浦，乃自东北往西南，当在既放陵阳之后"，又说："顷襄即位，自郢放陵阳。……居陵阳九年，作《哀郢》，已而自陵阳入辰溆，作《涉江》。"第四种意见认为是临死前的作品，如郭沫若《屈原研究》认为，顷襄王二十一年白起破郢后，屈原被赶到江南，"接连着做了《涉江》《怀沙》《惜往日》诸篇，终于自沉了"。以上诸说中，汪瑗作于怀王时代说不可取，因其词实际上并不平和，其作于放逐后之情景甚为明显。在作于顷襄王时代之说中，蒋骥说较为可取，因从整篇文章的思想来看，此时的屈原对楚王已完全失望，与《离骚》等中年之作不同，虽具体年代有待商榷，但大致可定为是流放江南多年之后，是屈原晚年的作品。

全篇一般分为五段。

从开头至"旦余济乎江湘"为第一段，述说自己高尚理想和现实的矛盾，阐明这次涉江远走的基本原因，"奇服""长铗""切云"之"冠""明月""宝璐”等都用以象征自己高尚的品德与才能，蒋骥说：“与世殊异之服，喻志行之不群也。”自流放以来，屈原的年龄一天天大起来，身体也一天天衰老下去，可他为楚国的进步的努力绝没有放弃过，朱熹说：“登昆仑，言所致之高；食玉英，言所养之洁。”他坚持改革，希望楚国强盛的想法始终没有减弱，绝不因为遭受打击，遇到流放而灰心。但他心中感到莫名的孤独。“世溷浊而莫余知兮”“哀南夷之莫吾知兮”，自己的高行洁志却不为世人所理解，这真使人太伤感了。因此，决定渡江而去。

从“乘鄂渚而反顾兮”至“虽僻远之何伤”为第二段，叙述一路走来，途中的经历和自己的感慨。“乘鄂渚”四句，言自己登上今湖北武昌西面的鄂渚，不禁回头看看自己走过的路途，又放马在山皋上小跑，直到方林才把车子停住。“乘舲船”四句言自己沿沅江上溯行舟，船在逆水与漩涡中艰难行进，尽管船工齐心协力，用桨击水，但船却停滞不动，很难前进，此情此景不是正如诗人自己的处境吗？“朝发枉陼”四句，接写自己的行程，早上从枉陼出发，晚上到了辰阳，足有一日行程，行程愈西，作者思想愈加坚定。他坚信自己的志向是正确的，是忠诚的，是无私的。同时，坚信无论如何的艰难困苦，自己都不感到悲伤。

从“入溆浦余儃佪兮”至“固将愁苦而终穷”为第三段，写进入溆浦以后，独处深山的情景。“入溆浦”四句言已进入溆浦。溆浦在辰阳的万山之中。这里深林杳冥，榛莽丛生，是猿狖所居，而不是人所宜去的地方。“山峻高”四句写深山之中，云气弥漫，天地相连，更进一步描绘沅西之地山高林深，极少人烟的景象。这是对流放地的环境的形容夸张，也是对自己所处政治环境的隐喻，为下文四句作好铺垫。“哀吾生之无乐兮”四句言自己在这样的政治环境和生活环境当中，是无乐可言了。然而就是这样，也绝不改变自己原先的政治理想与生活习惯，绝不与黑暗势力同流合污，妥协变节。

从“接舆髡首兮”至“固将重昏而终身”是第四段，从自己本身经历联系历史上的一些忠诚义士的遭遇，进一步表明自己的政治立场。接舆是春秋时楚国的隐士，即《论语》所说的“楚狂接舆”，与孔子同时。《论语·微子》说：“楚狂接舆歌而过孔子曰：‘凤兮凤兮！何德之衰！’”《战国策·秦三》

说:“箕子接舆,漆身而为厉,被发而为狂。”髡首,剃发,是古时一种刑罚,接舆被发佯狂,是坚绝不与统治者合作的表示。桑扈,也是古隐士,即《论语》所说的子桑伯子,《庄子》所说的子桑户。《孔子家语》说他“不衣冠而处”,也是一种玩世不恭,不与统治者合作的行为。伍子即伍子胥,春秋时吴国的贤臣,吴王夫差听信伯嚭的谗言,逼迫伍员自杀。比干,殷纣王的叔伯父。传说纣王淫乱,不理朝政,比干强谏,被纣王剖心而死。诗中“菹醢”二字极云其被刑之残酷。“接舆”六句是通过两种不同类型的四个事例来说明一个观点:接舆、桑扈是消极不合作,结果为时代所遗弃;伍员、比干是想拯救国家改变现实的,但又不免杀身之祸,所以结论是“忠不必用兮,贤不必以”。“与前世而皆然兮”四句说自己知道,所有贤士均是如此,我又何怨于今天之人!表明自己仍将正道直行,毫不犹豫,而这样势必遭遇重重黑暗,必须准备在黑暗中奋斗终身。

“乱曰”以下为第五段。批判楚国政治黑暗,邪佞之人执掌权柄,而贤能之人却遭到迫害。“鸾鸟凤皇”四句,比喻贤士远离,小人窃位。凤凰是古传说中的神鸟,这里比喻贤士。“燕雀乌鹊”用以比喻小人。“露申辛夷”四句言露申辛夷等香草香木竟死于丛林之中,“腥臊”比喻奸邪之人陆续进用,而忠诚义士却被拒之门外。“阴阳易位”四句更点出了社会上阴阳变更位置的情况,事物的是非一切都颠倒了,他竟不得其时。不言而喻,他一方面胸怀坚定的信念,另一方面又感到失意彷徨。既然龌龊的环境难以久留,他将要离开这里远去。

本篇是屈原晚年之作,写作时间当在《哀郢》之后,这首诗一个最突出的特点是诗中有一大段记行文字。姜亮夫先生《屈原赋校注》说:“此章言自陵阳渡江而入洞庭,过枉陼、辰阳入溆浦而上焉,盖纪其行也。发轫为济江,故题曰《涉江》也……文义皆极明白,路径尤为明晰。”这段文字描绘了沅水流域的景物,成为我国最早的一首卓越的纪行诗歌,对后世同类诗歌的创作发生了影响。诗中景物描写和情感抒发的有机结合,达到了十分完美的程度。在诗歌的第二段,通过行程、景物、季节、气候的描写和诗人心灵思想的抒发,我们仿佛看到了一位饱经沧桑,孤立无助,登上鄂渚回顾走过的道路的老年诗人的形象,又仿佛看到了一叶扁舟在急流漩涡中艰难前进,舟中的逐臣的心绪正与这小船的遭遇一样,有着抒发不完的千丝万缕的感情。而诗歌第三段进入溆浦之后的深山老林的描写,衬托出了诗人寂寞、悲愤的心情,也令读者不禁扼腕叹绝。本篇比喻象征手法的运用也十分纯熟。诗歌一开始,诗人便采用了象征手法,用好奇服、带长铗、冠切云、被明月、佩宝璐来表现自己的志行,以驾青虬骖白螭、游瑶圃、食玉英来象征自己高远的志向。最后一段,又以鸾鸟、凤凰、香草来象征正直、高洁;以燕雀、乌鹊、腥臊来比喻邪恶势力,充分抒发了诗人内心对当前社会的深切感受。

哀郢

【原文】

皇天之不纯命兮①,
何百姓之震愆②?
民离散而相失兮③,
方仲春而东迁④。

去故乡而就远兮⑤,
遵江、夏以流亡⑥。
出国门而轸怀兮⑦,
甲之鼂吾以行⑧。
发郢都而去闾兮⑨,
怊荒忽其焉极⑩?
楫齐扬以容与兮⑪,
哀见君而不再得。

望长楸[12]而太息兮，
涕淫淫其若霰[13]。
过夏首而西浮兮[14]，
顾龙门而不见[15]。

心婵媛[16]而伤怀兮，
眇不知其所蹠[17]。
顺风波以从流[18]兮，
焉洋洋而为客[19]。

凌阳侯之氾滥兮[20]，
忽翱翔[21]之焉薄？
心絓结[22]而不解兮，
思蹇产而不释[23]。

将运舟而下浮兮[24]，
上洞庭而下江。
去终古之所居兮[25]，
今逍遥而来东[26]。

羌[27]灵魂之欲归兮，
何须臾而忘反[28]！
背夏浦而西思兮[29]，
哀故都之日远。

登大坟[30]以远望兮，
聊以舒吾忧心[31]。
哀州土之平乐兮[32]，

悲江介之遗风[33]。

当陵阳之焉至兮[34]，
淼南渡之焉如[35]？
曾不知夏之为丘兮[36]，
孰两东门之可芜[37]？

心不怡[38]之长久兮，
忧与愁其相接[39]。
惟郢路之遥远兮[40]，
江与夏之不可涉[41]。

忽若[42]去不信兮，
至今九年而不复[43]。
惨郁郁而不通兮[44]，
蹇侘傺而含感[45]。

外承欢之汋约兮[46]，
谌荏弱而难持[47]。
忠湛湛而原进兮[48]，
妒被离而鄣之[49]。

尧舜之抗行兮[50]，
瞭杳杳而薄天[51]。
众谗人之嫉妒兮，
被[52]以不慈之伪名。

憎愠惀之修美兮[53]，

好夫人之慷慨[54]。
众踥蹀而日进兮[55]，
美超远而逾迈[56]。

乱曰：
曼余自以流观兮[57]，
冀[58]壹反之何时？
鸟飞反故乡兮，
狐死必首丘[59]。
信非吾罪而弃逐兮[60]，
何日夜而忘之？

【注释】

①不纯命：指天道无常；纯：正，常。

②震：震惧，惊动；愆：罪过。震愆：流离在外。

③离散：流离失散；相失：彼此失散。

④仲春：夏历的二月间；东迁：指楚国都东迁。

⑤去：离开。就远：踏上远行的道路。

⑥遵：沿着；江夏：长江和夏水。

⑦国门：国都城门；轸：痛。轸怀：沉痛的怀念。

⑧甲：指甲日。鼌：同“朝”。

⑨闾：里门，居住的地方。

⑩怊：悲伤。荒忽：恍惚。焉：如何。极：终点。

⑪楫：划船的桨。齐扬：并举。容与：行进缓慢。

⑫楸：指郢都梓树。

⑬淫淫：泪多的样子。淫：过甚。霰：雪珠。

⑭夏首：地名，夏水与长江合流处。西浮：往西漂流。

⑮顾:看,望;龙门:郢城的城门名。

⑯婵媛:牵挂不舍。

⑰眇:同渺,遥远。蹠:践踏。

⑱从流:随着流水前行。

⑲焉:乃。洋洋:飘泊的样子。

⑳凌:乘在上面。阳侯:大波。古代传说陵阳国之侯,溺死于水,其神为大波。这乃是古代对自然现象的迷信解释。氾:同“泛”。

㉑翱翔:飞翔,这里形容船的忽上忽下。薄:义同“迫”,到,止。焉薄:止于何处。

㉒絓结:牵挂而内心郁结。

㉓蹇产:委屈,忧抑。释:解开。

㉔运舟:运转船只;下浮:顺流下航。

㉕终古之所居:祖先世代所居住的地方。

㉖逍遥:飘荡的样子;来东:来到东方。

㉗羌:发语词,楚地方言,无义。

㉘须臾:片刻;反:同“返”。

㉙背:背向;夏浦:夏水滨;西思:思念西方。

㉚大坟:水边高堤。

㉛聊:暂且。舒:舒散。

㉜州土:指所经过的江汉地区;平乐:指土地宽阔,人民生活富饶。这句是说看到这里富饶的国土,想到富庶广大的楚国,迫切危亡,这里也不能久保,不禁感到哀痛。所以本句开头用“哀”字。

㉝江介:江畔,江边;遗风:古代遗流下来的风俗。

㉞当:面对;陵阳:地名,在今安徽省青阳石埭之间,以当地陵阳山得名。

㉟淼:大水涉茫望不到边;如:往。

㊱曾不句:我从未想到大厦会成废墟;夏作“厦”;丘:丘墟。

㊲两东门:郢都两个东门;芜:生了荒草。

㊳怡:快乐。

㊴接：衔接。

㊵惟郢路：想起离开郢城的道路；辽远：遥远。

㊶不可涉：不能渡过，涉：渡。

㊷忽若：恍惚像是。

㊸复：同“返”。

㊹惨郁郁：悲惨忧郁；不通：指不能自解。

㊺蹇：发语词。侘傺：失意的样子。慼：悲伤。

㊻外：外表；承欢：承君之欢；汋约：同“绰约”。

㊼谌：诚恳，实在；荏：弱；持：扶持。

㊽忠：指忠贞的人；湛湛：厚重的样子。

㊾妒：嫉妒；被：应作“披”；被离：伤乱交错的样子；鄣；闭塞。

㊿尧舜：尧帝和舜帝；抗行：高亢的行为。

51瞭：眼明；杳杳：远状；薄天：接近天。薄：同“迫”。

52被：披，加上。

53憎：憎恨；愠惀：忠心耿耿的样子。

54夫人：那些小人；慷慨：指口头上讲得慷慨激昂。

55众：指众小人；踥蹀：奔走的样子。

56美：指君子；超远：疏远；逾迈：越来越疏远。

57曼：引，展开；曼目：纵目；流观：四方眺望。

58冀：希望。

59首丘：头向山丘。古代相传狐在死时一定将头朝向它生身的小山。

60信：诚然，的确。弃逐：被抛弃放逐。

【译文】

天道不专反复无常啊，

为何使老百姓在动乱中遭殃？

人民妻离子散、家破人亡啊，

正当仲春二月迁往东方。

离别家乡到远处去啊，
沿着长江、夏水到处流亡。
走出都门我悲痛难舍啊，
我们开始上道在甲日的早上。
从郢都出发离开旧居啊，
前途渺茫我罔然不知何往。
桨儿齐摇船儿却徘徊不前啊，
可怜我再也不能见到君王。

望见故国高大的楸树我不禁长叹啊，
泪落纷纷像雪粒一样。
经过夏水的发源处又向西浮行啊，
回头看郢都东门而不能见其模样。

心绪缠绵牵挂不舍而又无限忧伤啊，
渺渺茫茫不知落脚在何方。
顺着风波随着江流漂泊吧，
于是乎飘流失所客居他乡。

船儿行驶在泛滥的水波之上啊，
就像鸟儿飞翔却不知停泊在哪个地方。
心中郁结苦闷而无法解脱啊，
愁肠百结心情难以舒畅。

将行船向下顺流而去啊，
过了洞庭湖又进入长江。

离开自古以来的住所啊，
如今漂泊来到东方。

我的灵魂时时都想着归去啊，
哪会片刻忘记返回故乡？
背向夏水边而思念郢都啊，
故都日渐遥远真叫人悲伤！
登上大堤而举目远望啊，
姑且以此来舒展一下我忧愁的衷肠。
江汉平原人民还过着平安欢乐的日子啊，
江汉盆地还保持着传统的楚国风尚。

面对着波涛浩渺不知道去向哪里啊？
大水茫茫也不知道南渡到何方？
连大厦变成了丘墟都不知道啊，
又怎么知道郢都的两个东门是否荒凉？

心中久久不悦啊，
忧愁还添惆怅。
郢都的路途是那样遥远啊，
长江和夏水有舟难航。

突然遭放逐不被信任啊，
不能回郢都至今已有九年时光。
悲惨忧郁心情不得舒畅啊，
困苦失意满怀悲伤。

有人顺承楚王的欢心表面上美好啊，

实际上内心虚弱很不可靠。
有人忠心耿耿愿意尽身为国效力啊，
却遭到嫉妒者的百般阻挠。

唐尧、虞舜具有高尚的品德啊，
高远无比可达九天云霄。
那些谗人们却要心怀妒嫉啊，
在他们头上加以"不慈"的名号。

楚王讨厌那深忧远虑的美德啊，
却喜欢听那些人口头上的慷慨辞藻。
小人奔走钻营而日益显进啊，
贤臣反被疏远置于脑后。

尾声：
放眼四下观望啊，
希望什么时候能返回郢都一趟。
鸟儿高飞终要返回旧巢啊，
狐狸死时头一定向着狐穴所在的方向。
确实不是我的罪过却遭放逐啊，
何日何夜我会将故国遗忘！

【赏析】

《哀郢》结构上最为独特者，是用了倒叙法，先从九年前秦军进攻楚国之时自己被放逐，随流亡百姓一起东行的情况写起，到后面才抒写作诗当时的心情。这就使诗人被放以来铭心难忘的那一幅幅悲惨画面，一幕幕夺人心魄、摧人肝肺的情景，得到突出的表现。

《史记·屈原列传》载,楚顷襄王立,令尹子兰谗害屈原,屈原被放江南之野(郢都附近长江以南之地)。《楚世家》又载顷襄王元年“秦大破楚军,斩首五万,取析十五城而去”。秦军沿汉水而下,则郢都震动。屈原的被放,也就在此时。

此诗不计乱辞,可分为五层,每层三节。前三层为回忆,第四层抒发作诗当时的心情,第五层为对造成国家、个人悲剧之原因的思考。乱辞在情志、结构两方面总括全诗,为第六层。

诗的开头诗人仰天而问,可谓石破天惊。此下即绘出一幅巨大的哀鸿图。“仲春”点出正当春荒时节,“东迁”说明流徙方向,“江夏”指明地域所在。人流、汉水,兼道而涌,涛声哭声,上干云霄。所以诗中说诗人走出郢都城门之时腹内如绞。他上船之后仍不忍离去,举起了船桨任船飘荡着:他要多看一眼郢都!他伤心再没有机会见到国君了。“甲之鼌”是诗人起行的具体日期和时辰,九年来从未忘记过这一天,故特意标出。第一层总写九年前当郢都危亡之时自己被放时情景。

第二层为“望长楸而太息兮”以下三节,写船开后仍一直心系故都,不知所以。“长楸”意味着郢为故都。想起郢都这个楚人几百年的都城将毁于一旦,忍不住老泪横流。李贺说:“焉洋洋而为客,一语倍觉黯然!”因为它比一般的“断肠人在天涯”更多一层思君、爱国、忧民的哀痛。诗中从“西浮”以下写进入洞庭湖后情形,故说“顺风波”,说“阳侯之氾滥”,说“翱翔”,等等。

“将运舟而下浮兮”以下三节为第三层,写继续东行时心情。“运舟”指驾船、调转船头。“上洞庭”言由洞庭湖北行,“下江”言顺流而下。去之愈远,而思之愈切。诗人之去,可谓一桨九回头,读之真堪催人泪下。

“当陵阳之焉至兮”以下三节为第四层,写诗人作此诗当时的思想情绪。在这一层中才指出以上三层所写,皆是回忆;这些事在诗人头脑中九年以来,魂牵梦萦,从未忘却。“当陵阳之焉至兮”二句为转折部分,承上而启下。此陵阳在江西省西部庐水上游,宜春以南。《汉书·地理志》说:“庐江出陵阳东南”,即此。其地与湖湘之地只隔着罗霄山脉。大约诗人以为待事态平息,可以由陆路直达湖湘一带,故暂居于此。

第五层即“外承欢之汋约兮”以下三节，承接第四层的正面抒情，进而揭出造成国家危难之根源。朝廷那些奸佞之徒善于逢迎奉承，不仅因为他们无能，还因为他们无忧国忧民之心，只知为了一己的利益而诬陷正直之士，所以在治国安民方面实在难以倚靠。但关键还在于当政者喜好怎么样的人。“憎愠惀之修美兮，好夫人之忼慨”，便是屈原对顷襄王的评价。批判的矛头直接指向最高统治者。作品表现的思想是极其深刻的。

诗的前三层为回忆，其抒情主要通过记叙来表现；第四、五层是直接抒情。乱辞总承此两部分，写诗人虽日夜思念郢都，却因被放逐而不能回朝效力祖国的痛苦和悲伤。“鸟飞反故乡兮，狐死必首丘”，语重意深，极为感人。全诗章法谨严，浑然一体。

本诗在结构上表现了很大的独创性：一，开头并未交待是回忆，给读者以身临其境之感，留下深刻的印象。二，四句为一节，三节为一层意思，很整齐。语言上的特点是骈句多，如“去故乡而就远，遵江夏以流亡”“过夏首而西浮，顾龙门而不见”“背夏浦而西思，哀故都之日远”等，既富有对偶美，也有助于加强感情力度。在风格上，徐焕龙《楚辞洗髓》谓之“于《九章》中最为凄惋，读之实一字一泪也”，诚然。

抽思

【原文】

心郁郁[1]之忧思兮，
独永叹乎增伤。
思蹇产[3]之不释兮，
曼[4]遭夜之方长。

悲秋风之动容兮，

何回极之浮浮[5]！
数惟荪之多怒兮[6]，
伤余心之忧忧[7]。

原摇起而横奔兮，
览民尤[8]以自镇。
结微情以陈辞兮，
矫以遗夫美人[9]。

昔君与我诚言兮[10]，
曰："黄昏以为期。"
羌中道而回畔兮[11]，
反既有此他志[12]。

憍[13]吾以其美好兮，
览余以其修姱[14]。
与余言而不信兮，
盖[15]为余而造怒。

原承间[16]而自察兮，
心震悼[17]而不敢。
悲夷犹而冀进兮[18]，
心怛伤之憺憺[19]。

兹历情以陈辞兮[20]，
荪详[21]聋而不闻。
固切人[22]之不媚兮，
众果以我为患。

初吾所陈之耿著[23]兮，
岂不至今其庸亡[24]？
何毒药之謇謇兮[25]？
原荪美之可完。
望三五[26]以为像兮，
指彭咸以为仪[27]。
夫何极而不至兮，
故远闻而难亏。

善不由外来兮，
名不可以虚作。
孰无施而有报兮，
孰不实而有获？

少歌曰：
与美人抽怨兮，
并日夜而无正。
憍吾以其美好兮，
敖朕辞而不听[28]。

倡曰：
有鸟自南兮，
来集汉北。
好姱佳丽兮，
胖[29]独处此异域。
既惸[30]独而不群兮，
又无良媒在其侧。

道卓远[31]而日忘兮，
原自申而不得。
望北山而流涕兮，
临流水而太息。

望孟夏[32]之短夜兮，
何晦明之若岁！
惟郢路之辽远[33]兮，
魂一夕而九逝。

曾不知[34]路之曲直兮，
南指月与列星。
原径逝[35]而不得兮，
魂识路之营营。

何灵魂之信直兮，
人之心不与吾心同！
理弱而媒不通兮，
尚不知余之从容。

乱曰：
长濑[36]湍流，
溯江潭兮。
狂顾南行，
聊以娱心兮。
轸石崴嵬[37]，
蹇[38]吾原兮。
超回志度，

行隐进兮。

低徊夷犹，
宿北姑兮。
烦冤瞀容[39]，
实沛徂[40]兮。
愁叹苦神，
灵遥思兮。
路远处幽，
又无行媒兮。

道思作颂[41]，
聊以自救兮。
忧心不遂，
斯言谁告兮！

【注释】

①郁郁：忧伤郁结。

②永叹：长叹。增伤：加倍忧伤。

③蹇产：曲折。

④曼：义同“曼曼”，长的样子。

⑤回极：指风的动态。回，回旋；极，至也。

⑥数惟：屡次想到。荪：一种香草，这里比喻怀王。

⑦忧忧：忧愁。

⑧尤：同“疣”，病痛。

⑨矫：举。美人：指怀王。

⑩诚言：彼此说定的话。

⑪羌：句首语气词。回畔：中途转折，这里有反悔之意。

⑫他志：别的主意与打算。

⑬憍：通“骄”。

⑭览：炫示之意。脩姱：美好。

⑮盖：通“盍”，为什么。

⑯间：空隙。

⑰震悼：恐惧。

⑱夷犹：犹豫。冀进：希望靠拢君主。

⑲怛：伤痛。憺憺：言心情动荡不安。

⑳兹：此。历：列举。

㉑详：借为“佯”，假装。

㉒切人：垦切、直切的人。

㉓耿著：明白。

㉔庸亡：庸，遂；亡，忘。

㉕毒：通“独”。药：当作“乐”。謇謇：忠贞之貌。

㉖三五：指三王五伯（或谓三皇五帝）。

㉗仪：法则。

㉘敖：通“傲”。朕：我。

㉙牉：离异。

㉚惸：孤。

㉛卓远：遥远。

㉜孟夏：初夏。

㉝辽远：遥远。

㉞曾不知：竟不知。

㉟径逝：直逝，取直路走。

㊱濑：滩流。

㊲轸：形容石的形状方如车轸，奇形怪状。崴嵬：高耸不平貌。

㊳蹇：曲折。

㊴眘容：乱貌。

㊵沛徂：情绪急而颠沛奔走。

㊶道思：且行且思。作颂：作歌。

【译文】

心里的忧愁万分郁结，
孤独地唉声叹气不断悲伤。
思来想去怎么也不能开怀，
只恨长夜漫漫天总不亮。

秋风一吹万物都要萧条，
坏人当道真是一片糟糕！
你为什么那样地容易急躁，
你使我心神不安呵，尊贵的香草！

想索性离开故乡跑向国外，
看到人民的灾难又镇定下来。
我把菲薄的衷情织成歌辞，
想呈现给你呀，我所敬爱。

你早先已经给我约好，
我们在黄昏时候见面。
但你在半途又改变了，
丢掉了我去和别人缠绵。

你把你的美好向我夸耀，
你把你的长处向我矜示。

你对我说的话全不守信用，
你只是无原故地对我生气。

想乘着你空闲自行表白，
心里害怕又不敢这样做。
我踌躇，
但我总想见你，
可怜我的心是彷徨无主。

我把这情景编成了歌辞，
但你假装耳聋不肯倾听。
我知道直切的人不会讨好，
大家也真的当我成眼中钉。

以前我所陈述的有凭有据，
难道到现在便都已经忘了？
我为什么总喜欢侃侃而谈，
是希望你的光彩更加辉耀。

愿以三王五伯作为你的榜样，
愿以彭咸作为我自己的典型。
我们一切都要做到尽善尽美，
普天下都要传遍我们的名声。

善行要靠自己努力，不从外来，
名声要与实际相符，不要虚假。
哪有不给予的而能得到酬报？
哪有不种瓜的而能够得到瓜？

小歌：

我为美人唱出我的幽情，
日日夜夜都没人佐证。
把他的美好向我矜娇，
把我的歌辞在耳边溜掉。

唱道：

一只鸟儿从南方飞来，
停留在汉水之北。
毛羽十分美丽，
孤单地在异乡作客。
没有一个知交，
也没有谁介绍。
相隔既远而被人忘怀。
要自荐也没有路道。
望着北山而流眼泪，
对着流水而自哀悼。

孟夏的夜景本来很短，
为什么长起来就像一年？
郢都的路途确是遥远，
梦魂一夜要走九遍。

我不管是弯路还是捷径，
只顾南行戴着日月与星星。
想直走但又未能，
梦魂往来多么劳顿。

为什么我的性情这样端直，
别人的看法却和我不同。
替我媒介的人都欠工夫，
也还不知道我的从容。

尾声：
水浅滩长，
我溯沧浪而上。
回望南方，
聊以解慰愁肠。
怪石崎岖，
行走不如人愿。
迂回超越，
使我进退两难。

迟疑不进，
落宿在这北姑。
心烦意乱，
万事颠沛糊涂。
叹息悲伤，
神魂飞向远处。
地偏路远，
没人代为诉苦。

调整思路，
作歌聊以自娱。
忧愁难解，
有谁可以告诉？

【赏析】

题目“抽思”，取之于诗篇中“少歌”之首句。

对“抽思”的解释，王逸《楚辞章句》谓：“为君陈道、拔恨意也。”朱熹《楚辞集注》认为：“抽，拔也。思，意也。”王夫之《楚辞通释》说：“抽，绎也。思，情也。”蒋骥《山带阁注楚辞》以为：“抽，拔也。抽思，犹言剖露其心思，即指上陈之耿著言。”

比较起来，似王夫之的说法较为可取，本篇所写，乃是把蕴藏在内心深处像乱丝般的愁情抽绎出来。

从体式上看，本篇有与它篇不尽合一的独特篇章结构：除篇尾有“乱辞”外，还增加了“少歌”与“倡曰”两种形式，此为它篇所罕见。所谓“少歌”，朱熹《楚辞集注》认为乃类同于“小歌”，是诗章前部分内容的小结；所谓“倡曰”，即是“唱曰”，是诗章第二部分内容的发端。联系本篇整体内容，这别具一格的“少歌”与“倡曰”至少起了两个作用：其一，内容结构上的转换，由前半部分刻画与君不合、劝谏无望而生的忧思之情，转向了独处汉北时心情的描摹，“少歌”与“倡曰”在这里起了承上启下的作用，使诗篇顺理成章；其二，诗篇的结构体式有所突破，给人耳目一新之感，避免了单一化叙述的单调与呆板，产生了回旋曲折的艺术效果。

全诗最大的特色，应该是流贯全篇的缠绵深沉、细腻真切的怨愤之情，它贯穿了诗的始终，又紧扣了诗题“抽思”，并时时与之相照应。

诗篇一开首即扣住了题目“抽思”——以忧伤入题，用一连串具有鲜明感情色彩的词汇一下子将读者引入了“忧伤”的氛围，从而步入了诗人刻意营造的感情王国。

诗人丰富复杂的情感是随着诗章的逐步展开而渐次委婉吐露的。诗篇先从比喻人手，描述了诗人的忧思之重犹如处于漫漫长夜之中，曲折纠缠而难以解开，由此自然联系到了自然界——“谓秋风起而草木变色也”；继而写到了楚怀王，由于他的多次迁怒，而使诗人倍增了忧愁，虽有一片赤诚之心，却仍无济于事，反而是怀王多次悔约，不能以诚待之。诗人试图再次表白自己希冀靠拢君王，却不料屡遭谗言，其心情自不言而喻——“震悼”“夷犹”“怛伤”“憯憯”，一系列刻画内心痛苦词语的运用，细致入微地表现了诗人的忠诚与不被理解的窘迫。“望三五以为像兮，指彭咸以为仪”，“善不由外来兮，名不可以虚作”，——一番表露，既是真诚的内心剖白，也是寄寓深邃哲理、予人启迪的警策之句，赋予诗章以理性色彩。

“少歌”后的“倡曰”部分，叙述角度有所转换。这部分以由南飞北的鸟儿作譬，刻画了诗人独处汉北时“独而不群”“无良媒”的处境，其时其地，诗人的忧思益增；“望北山而流涕兮，临流水而太息”两句，令人读之怃然。值得注意的是，诗篇至此巧妙地插进了一段梦境的描写，以此抒写诗人对郢都炽烈的怀念，使读者似乎看到诗人的梦魂由躯体飘出，在星月微光下，直向郢都飞逝，而现实的毁灭在空幻的梦境中得到了暂时的慰藉。这是一段极富浪漫色彩的描绘，读者似与诗人一起，带着忧思，追寻、飞翔……

诗篇最后部分的“乱辞”完全照应了开头，也照应了诗题。诗人最终唱出的，依然是失望之辞——因为，梦幻毕竟是梦幻，现实终究是现实，处于进退两难之中的诗人，无法也不可能摆脱既成的困境，他唯有陷入极度矛盾之中而借诗章以倾吐心绪，此外别无选择。

怀沙

【原文】

滔滔孟夏兮，
草木莽莽。
伤怀永哀兮，
汩徂①南土。

眴[2]兮杳杳，
孔静幽默。
郁结纡轸[3]兮，
离慜而长鞠[4]。

抚情效志兮，
冤屈而自抑。
刓方以为圜兮[5]，
常度未替[6]。

易初本迪兮[7]，
君子所鄙。
章画志墨兮[8]，
前图未改。

内厚质正兮，
大人所晟。
巧倕不斲兮[9]，
孰察其揆正？

玄文处幽兮，
矇瞍谓之不章[10]。
离娄微睇兮[11]，
瞽[12]谓之不明。

变白以为黑兮，
倒上以为下。
凤皇在笯[13]兮，

鸡鹜[14]翔舞。

同糅玉石兮，
一概而相量。
夫惟党人鄙固兮，
羌不知余之所臧[15]。

任重载盛兮，
陷滞而不济。
怀瑾握瑜[16]兮，
穷不知所示。

邑犬群吠兮，
吠所怪也。
非俊疑杰兮，
固庸态也。

文质疏内兮，
众不知余之异采。
材朴委积[17]兮，
莫知余之所有。

重仁袭义兮，
谨厚以为丰。
重华不可遌[18]兮，
孰知余之从容！

古固有不并兮，

岂知何其故！
汤禹久远兮，
邈[19]而不可慕。

惩连改忿兮，
抑心而自强。
离闵而不迁兮，
原志之有像。

进路北次兮，
日昧昧其将暮。
舒忧娱哀兮，
限之以大故[20]。

乱曰：
浩浩沅湘，
分流汩[21]兮。
脩[22]路幽蔽，
道远忽兮。
曾唫[23]恒悲兮，
永慨叹兮。
世既莫吾知兮，
人心不可谓兮。

怀质抱青，
独无匹兮。
伯乐既没，
骥焉程兮[24]。

民生禀命，
各有所错兮[25]。
定心广志，
余何畏惧兮！

曾伤爰哀[26]，
永叹喟兮。
世溷浊莫吾知，
人心不可谓兮。
知死不可让，
原勿爱[27]兮。
明告君子，
吾将以为类[28]兮。

【注释】

①汩徂：急行。

②眴：同“瞬”，看的意思。

③纡轸：委曲而痛苦。

④离愍：遭忧患。鞠：困穷。

⑤刓方以为圜：把方的削成圆的。以，削。圜，同“圆”。

⑥常度：正常的法则。替：废也。

⑦易初：变易初心。本迪：变道。

⑧章：明也。志：记也。

⑨陲：人名，传说是尧时的巧匠。斲：砍，削。

⑩矇瞍：瞎子。章：文彩。

⑪离娄：传说中的人名，善视。睇：微视。

⑫瞽:瞎子。

⑬笯:竹笼。

⑭鹜:鸭子。

⑮臧:同“藏”。指藏于胸中之抱负。

⑯瑾、瑜:均美玉。

⑰委积:丢在一旁堆着。

⑱逻:遇。

⑲邈:遥远。

⑳大故:死亡。

㉑汩:指水流疾貌,或为水的急流声。

㉒脩:长。

㉓唫:同“吟”。此下四句据《史记》补入。

㉔焉:怎么,哪里。程:量也。

㉕错:同“措”,安排。

㉖曾:同“增”。爰哀:悲哀无休无止。《方言》:“凡哀泣而不止日爰”

㉗爱:吝惜。

㉘类:楷式,法。

【译文】

初夏的天气盛阳,

百草万木茂畅。

我独不息地悲伤,

远远走向南方。

眼前一片苍茫,

听不出丝毫声响。

心里的忧思难忘,

何能恢复健康？

反省我的志向，
遭受委屈何妨？
我坚持我的故常，
不能圆滑而不方。

随流俗而易转移，
有志者之所卑鄙。
守绳墨而不变易，
照旧地按着规矩。

内心充实而端正，
有志者之所赞美。
工垂巧而不动斧头，
谁知他合乎正轨？

五彩而被人暗藏，
瞎子说它不漂亮。
离娄微闭着眼睛，
盲者说他的目盲。

白的要说成黑，
高的要说成低。
凤凰关进罩里，
鸡鸭说是会飞。

玉与石混在一道，

好与坏不分多少。
是那些人们的无聊，
不知道我所爱好。

责任大，担子重。
使我担任不起。
掌握着一些珍宝。
不知向谁表示。

村里的狗子成群，
不常见的便要狂吠。
把豪杰说成怪物，
是庸人们的口胃。

我文质彬彬，表里通达，
谁都不知道我的出众。
我鸿才博学，可为栋梁，
谁都不知道我的内容。

我仁之又仁，义之又义，
忠诚老实以充实自己。
舜帝已死，不可再生，
谁都不知道我雍容的气度。

自古来，贤圣不必同时，
这到底是什么道理？
夏禹和商汤已经远隔，
就追慕也不能再世。

抑制着心中的愤恨，
须求得自己的坚强。
就遭祸我也不悔改，
要为后人留下榜样。

像贪路赶掉了站口，
已到了日落黄昏时候。
姑且吐出我的悲哀，
生命已经到了尽头。

尾声：
浩荡的沅水湘水呵，
咕咕地翻波涌浪。
长远的路程阴晦，
前途是渺渺茫茫。
不断地呕吟悲伤，
永远地叹息凄凉。
世间上既没有知己，
有何人可以商量。

我为人诚心诚意，
但有谁为我佐证。
伯乐呵已经死了，
千里马有谁品评？

各人的禀赋有一定，
各人的生命有所凭。

我要坚定我的志趣，
绝不会怕死贪生。

无休无止的悲哀，
令人深长叹息。
世间混浊无人了解我，
和别人没什么可说。
死就死吧，不可回避，
我不想爱惜身体。
光明磊落的先贤呵，
你们是我的楷式！

【赏析】

本诗作于屈原临死前，一般认为是诗人的绝命词。

对诗题“怀沙”，历代颇有歧见。洪兴祖《楚辞补注》、朱熹《楚辞集注》以为是“怀抱沙石以自沉”。汪瑗《楚辞集解》认为：“怀者，感也。沙，指长沙。”蒋骥《山带阁注楚辞》持相同见解：“曰怀沙者，盖寓怀其地，欲往而就死焉耳。”

从诗章本身内容情感和《史记》所载屈原身世经历看，“怀沙”指“怀抱沙石以自沉”的可信性应该更大些。

诗开篇首先刻画诗人南行时的心情，两句极度表述忧郁、哀伤心理的诗句，一下子扣住了读者的心弦：“伤怀永哀兮”“郁结纡轸兮”——表明诗人在初夏时节步向南方时，悲愤的情绪已达到了难以自抑的地步。客观环境对此时人物的心绪起了极好的衬托作用——“眴兮杳杳，孔静幽默”，唯此“杳杳”“无所见”“静默”“无所闻”，才更显出“岑僻之境，昏瞀之情”。

如果诗人在临终前的心态仅仅只停留于这种悲哀的水准上，那么，无论诗篇本身还是诗人的形象，都难以令人产生共鸣和敬慕。诗人的与众不同之处在于：他没有将笔墨仅仅诉诸于个人遭遇的不幸与感伤上，而是始终同理想抱负的实现与否相联系，希冀以自身肉体的死亡来最后震撼民心、激励君主，唤起国民、国君精神上的觉醒，因而，诗篇在直抒胸臆之后，笔锋自然转到了对不能见容于时的原因与现状的叙述。随之出现的是一系列的形象比喻：或富理性色彩——"刓方为圜""章画志墨""巧倕不斲"——以标明自己坚持直道、不随世俗浮沉的节操；或通俗生动——"玄文处幽兮，矇瞍谓之不章""离娄微睇兮，瞽以为无明""凤皇在笯兮，鸡鹜翔舞""同糅玉石兮，一概而相量""怀瑾握瑜兮""邑犬之群吠兮"——用大量生活中习见的例子作譬，以显示自己崇高的志向与追求；这些比喻集中到一点，都旨在表述作者的清白、忠诚却不能见容于时，由此激发起读者的同情、理解与感慨，从而充实了作品丰厚的内在蕴含力，使之产生了强烈的感染力。正是由于有了上述一系列感情的铺垫，故而作者发抒临终前的慨叹便有了厚实的基础与前提，诗篇正文末段的"舒忧娱哀兮，限之以大故"，人们读来也便更觉悲慨而泫然了。

最后部分的"乱辞"，可以说是诗人情感达到高潮的表露。在前面历述现状、原因、心情等以后，诗人至此发出了浩叹与歌唱，它是全诗内容的总结与概括，也是诗人心声的集中倾诉。毫无疑问，在诗人看来，悲哀是悲哀，理想是理想，绝不能因为自己行将死去而悲痛至放弃毕生追求的理想，唯有以己身之一死而殉崇高理想，才是最完美、最圆满的结局，人虽会死去，而理想却永远不会消亡。故而诗人最后唱道："知死不可让，愿勿爱兮。明告君子，吾将以为类兮！"

通读全诗，我们发现，本篇在语言上有一个十分鲜明的特点，似有别于《九章》其他篇（《橘颂》除外）：全诗句子大都不长，显得简短有力，读上去颇有急促感。从首句"滔滔孟夏兮"到篇终"乱辞"，几乎大多是四言句（加"兮"字为五言），——这显然是诗人的精心设计。作为临终前的绝命词，诗篇这样的处理，完全符合诗人的实际心境，或换言之，正因为面临自我选择的死亡，才会有气促情迫之感，而运用短促句，正是这种真切心境的实剖，既反映了此时此刻诗人的实际感受与心态，也在情感与表达形式上与诗的内涵浑然一体，从而使读者产生了强烈的共鸣。诗人高超的艺术功力与匠心于此可见一斑。

思美人

【原文】

思美人兮，
揽涕而伫眙[①]。
媒绝路阻兮，
言不可结而诒[②]。

蹇蹇[③]之烦冤兮，
陷滞而不发。
申旦[④]以舒中情兮，
志沉菀[⑤]而莫达。

原寄言于浮云兮，
遇丰隆[⑥]而不将。
因归鸟而致辞兮，
羌[⑦]迅高而难当。

高辛之灵盛[⑧]兮，
遭玄鸟而致诒[⑨]。
欲变节以从俗兮，
愧易初而屈志。

独历年而离愍[10]兮，
羌冯心[11]犹未化。
宁隐闵而寿考兮[12]，
何变易之可为。

知前辙之不遂[13]兮，
未改此度。
车既覆而马颠兮，
蹇[14]独怀此异路。

勒骐骥而更驾兮，
造父[15]为我操之。
迁逡次而勿驱兮[16]，
聊假日[17]以须时。
指嶓冢之西限兮[18]，
与纁黄[19]以为期。

开春发岁兮，
白日出之悠悠。
吾将荡志而愉乐兮，
遵江、夏以娱忧。

揽大薄之芳茝兮[20]，
搴[21]长洲之宿莽。
惜吾不及古人兮，
吾谁与玩此芳草。

解萹薄[22]与杂菜兮，

备以为交佩。
佩缤纷以缭转兮，
遂萎绝而离异。

吾且儃佪[23]以娱忧兮，
观南人之变态。
窃[24]快在其中心兮，
扬厥凭而不俟[25]。

芳与泽其杂糅兮，
羌芳华自中出。
纷郁郁其远蒸兮，
满内而外扬。
情与质信可保兮，
羌居蔽而闻章[26]。

令薜荔以为理[27]兮，
惮举趾[28]而缘木。
因芙蓉而为媒兮，
惮褰裳而濡足[29]。

登高吾不说[30]兮，
入下吾不能。
固朕形之不服兮，
然容与[31]而狐疑。
广遂[32]前画兮，
未改此度也。
命则处幽吾将罢兮，

原及白日之未暮也。

独茕茕而南行兮,

思彭咸之故也。

【注释】

①揽:收的意思,在这里即“揩干”之意。伫眙:立视。伫,立;眙,视。

②诒:赠予。

③蹇蹇:同“謇謇”,忠信正直之貌。

④申旦:犹申明。

⑤沉菀:沉闷而郁结。

⑥丰隆:云师。

⑦羌:句首语气词。

⑧灵盛:言神灵。

⑨诒:指聘礼。

⑩离愍:遭遇祸患。

⑪冯心:愤懑的心情。冯,通“凭”。

⑫隐闵:隐忍忧悯。寿考:犹言老死。

⑬遂:顺利。

⑭蹇:犹羌、乃,句首发语词。

⑮造父:周穆王时人,以善于驾车闻名。

⑯迁:前进。逡次:缓行。

⑰假日:费日。

⑱西隈:西面的山边。

⑲纁黄:黄昏之时。纁,一作“曛”。

⑳揽:采摘。茝:一种香草。

㉑搴:拔取。

㉒萹薄:指成丛的萹蓄一类野草。

㉓儃佪：徘徊。

㉔窃：私，隐藏不公开的。

㉕扬：捐弃。厥凭：愤懑之心。

㉖闻：声名。章：同"彰"，明也。

㉗理：提婚人，媒人。

㉘惮：害怕。举趾：提起脚步。

㉙褰：撩起，揭起。濡：沾湿。

㉚说：同"悦"。

㉛容与：迟疑不前的样子。

㉜广遂：多方求实。

【译文】

怀念着我心爱的人呵，
揩干眼泪而远望。
没人介绍而路又迢遥，
有话却无法成章。

我至诚一片而蒙冤，
我进退两难而不前。
愿每日陈述我的心思，
心思沉顿而难表现。

愿浮云为我捎信，
云师却不肯讲情。
托鸿鸟为我传书，
鸿高飞而不应命。

我难比帝喾高辛，
能遇凤凰而授卵。
要变节而随流俗，
我知耻而有所不敢。

多年来我遭受摧残，
毫不减我心中的愤懑。
宁失意而长此终身，
我何能如掌之易反？

我明知正路难通，
但我不能不走正路。
尽管是车翻而马倒，
我依然望着前途。

我再把好马辔上，
请造父为我执鞭。
慢慢地走，不必驱驰，
让我把光景流连。
指着嶓冢山的西边，那汉水发源地点，
就走到日落昏黄，也莫嫌道途遥远。

我姑且等待明年，
艳阳的春日绵绵。
我要放怀地歌唱，
逍遥在江水、夏水之边。

我攀摘灌木中的苻蓠，

我采集沙滩上的卷施。
和古人可惜不能同时，
摘来香草可同谁赏识。

采取萹蓄与同蔬菜，
尽可以扭成环佩。
也未尝不好看一时，
终萎谢而遭毁败。

我姑且快乐逍遥，
观赏南方人的异态。
只求我心中快活，
把愤懑置之度外。

芳香与污秽杂混一起呵，
芳花终会卓然自现。
馥郁的芳香必然远扬。
内部充实外表自有辉光。
只要真诚的素质长保不亡，
声名会突破一切的阻碍。

想请薜荔替我说合，
又怕走路去攀上树子。
想采荷花替我媒介，
又怕下水打湿了裙子。

登高吧，我不高兴，
下水吧，我也不能。

固然是我手足不惯。
我犹豫而心不能定。

完全依照着旧惯,
我始终不肯改变。
命该受难我也不管,
趁着这日子还未过完,
一个人孤单地走向南边,
只想追求彭咸的典范。

【赏析】

篇题为"思美人",美人系指楚君王。诗为屈原于江南放逐途中所作,表述的心愿仍为思国、思乡和美政理想一定要实现,希望君主不重蹈历史覆辙,努力振兴楚国。

本诗最大的特点即是"依诗取兴,引类譬喻",如同《离骚》一样,诗中处处都体现出"香草以配忠贞,恶禽臭物以比谗佞。灵脩美人以媲于君,宓妃佚女以譬贤臣"(同上)的鲜明特色。

首先,诗题"思美人"即是"灵脩美人以媲于君"的体现。"美人"在诗中毫无疑问是指楚君主,而非一般意义上的美女。屈原撰写此诗的目的,就是试图以思女形式,寄托自己对君主的希冀,以求得到君主的信赖而实现理想目标。

诗一开篇即陈述了诗人思女的行为——"揽涕""伫眙",感情真挚而又炽烈。然而由于客观条件的拘牵——无良媒,致使他"志沉菀而莫达",一再申言也无济于事。不过,诗人并不因此而完全丧失信心,他仍竭尽全力地努力追求:"宁隐闵而寿考兮,何变易之可为。""知前辙之不遂兮,未改此度。""广遂前画兮,未改此度也。"直至诗篇之末,诗人明知自己已实在无能为力了,却仍不改"度"——努力的行为不得已作罢,而节操却始终不易。

诗篇在写美人的同时,也写到了香花美草,它们均一一"以配忠贞":沿江夏行进时,诗人"擥芳茝""搴宿莽""解萹薄与杂菜",这里的"芳茝""宿莽""萹薄""杂菜",均非实指植物,而是用以喻指才能,诗人一路采摘、佩饰它们,乃是为自己为国效力时作准备。遗憾的是美人——君主并不赏识,致使诗人只得发出"吾谁与玩此芳草"的慨叹。这还不够,诗人更以芳草自譬,说芳草与污秽杂糅,作为芳草,终能卓然自现,而绝不会为污秽所没;又将芳草比作媒人,"令薜荔以为理""因芙蓉而为媒",欲通过这些媒人而向美人求爱,但又缺乏勇气。毫无疑问,美人、鲜花、香草,在诗篇中都一一成了作者心目中的理想化象征者,它们在表现诗人本身的气质形象及体现诗篇的主旨方面起了极好的烘托作用。

超越时间与空间的局限,大胆地将地上与天国、人间与仙境、历史与现实等有机地融合一体,让现实人物、历史人物、神话人物交织一起,从而形成浓烈的浪漫奇特风格,是本篇又一突出的艺术手法。

诗人在求美人未成后,思绪难以自抑,情感受到挫伤,此时,处于现实困境的人物突然想到了神话人物、历史人物——"愿寄言于浮云兮,遇丰隆而不将","高辛之灵盛兮,遭玄鸟而致诒","勒骐骥而更驾兮,造父为我操之"。这些神话人物与历史人物的闯入,大大丰富了诗章的艺术内涵,拓展了读者的想象思维空间,显示了诗人超常的艺术想象力。正由于此,本诗才更显出想象奇特、神思飞扬的特点,表现出与《九章》其他篇有所不同的风格与色彩。

惜往日

【原文】

惜往日之曾信[①]兮,
受命诏以昭诗[②]。

奉先功[3]以照下兮，
明法度之嫌疑[4]。

国富强而法立兮，
属贞臣而日娭[5]。
秘密[6]事之载心兮，
虽过失犹弗治。

心纯庬[7]而不泄兮，
遭谗人而嫉之。
君含怒而待臣兮，
不清澈[8]其然否。

蔽晦君之聪明兮，
虚惑[9]误又以欺。
弗参验[10]以考实兮，
远迁臣而弗思。
信谗谀之溷浊兮，
盛气志而过之[11]。

何贞臣之无罪兮，
被离谤而见尤[12]！
惭光景之诚信兮[13]，
身幽隐而备[14]之。

临沅湘之玄渊[15]兮，
遂自忍而沉流。
卒没身而绝名兮，

惜壅君[16]之不昭。

君无度而弗察兮，
使芳草为薮幽[17]。
焉舒情而抽信[18]兮，
恬死亡而不聊[19]。
独鄣壅而蔽隐兮[20]，
使贞臣为无由[21]。

闻百里[22]之为虏兮，
伊尹[23]烹于庖厨。
吕望[24]屠于朝歌兮，
宁戚[25]歌而饭牛。
不逢汤武与桓穆兮[26]，
世孰云而知之！

吴信谗而弗味兮[27]，
子胥[28]死而後忧。
介子[29]忠而立枯兮，
文君寤而追求[30]；
封介山而为之禁[31]兮，
报大德之优游[32]。
思久故之亲身兮，
因缟素[33]而哭之。

或忠信而死节兮，
或訑谩[34]而不疑。
弗省察而按实[35]兮，

听谗人之虚辞。
芳与泽[36]其杂糅兮，
孰申旦[37]而别之？

何芳草之早殀[38]兮，
微霜降而下戒。
谅聪不明而蔽壅兮，
使谗谀而日得。

自前世之嫉贤兮，
谓蕙若[39]其不可佩。
妒佳冶[40]之芬芳兮，
嫫母姣而自好[41]。
虽有西施[42]之美容兮，
谗妒入以自代。

原陈情以白行[43]兮，
得罪过之不意。
情冤见[44]之日明兮，
如列宿之错置[45]。

乘骐骥而驰骋兮，
无辔衔而自载。
乘氾泭以下流兮[46]，
无舟楫而自备。
背法度而心治兮，
辟与此其无异。

宁溘死而流亡兮[47]，
恐祸殃之有再。
不毕辞而赴渊兮，
惜壅君之不识。

【注释】

①曾信：曾经信任。

②命诏：诏令。昭时：使时世清明。

③先功：祖业。

④嫌疑：指对法令有怀疑的地方。

⑤贞臣：忠贞之臣，屈原自指。娭：游戏。玩乐。

⑥秘密："黾勉"的一声之转，努力。

⑦纯庬：淳厚。

⑧清澈：指弄清事实真相。

⑨虚惑：把无说成有叫虚，把假说成真叫惑。

⑩参验：参较验证。

⑪盛气志：大怒。过：督责。

⑫离谤：遭毁谤。尤：责备。

⑬惭：悲忧。光景：即光明。诚信：真实。

⑭备：具备。

⑮玄渊：深渊。

⑯壅君：被蒙蔽的国君。

⑰薮幽：大泽的深幽处。

⑱抽信：陈述一片忠诚。

⑲恬：安。不聊：不苟生。

⑳郭壅：与"蔽隐"同义。郭壅而蔽隐，指重重障碍。

㉑无由：无路自达。

㉒百里:百里奚,春秋时虞国大夫。后被晋国俘虏,晋献公把他当作陪嫁女儿的奴隶送给秦国。后来逃至楚国,秦穆公闻其贤,用五张羊皮赎回,授之国政,号曰五羖大夫,后助秦穆公成霸业。

㉓伊尹:原来是有莘氏的陪嫁奴隶,曾经当过厨师。后来任商汤的相,辅助汤攻灭夏桀。

㉔吕望:本姓姜,即姜尚,他的先代封邑在吕,所以又姓吕。传说他本来在朝歌当屠夫,老年钓于渭水之滨,周文王认出他是个贤人,便重用了他。后来辅佐周武王灭了商。

㉕宁戚:春秋时卫国人,他在喂牛时唱歌,齐桓公认出他是个贤人,用他做辅佐。

㉖汤:商汤。武:周武王。桓:齐桓公。穆:秦穆公。

㉗吴:指吴王夫差。信谗:指听信太宰伯嚭的谗言。弗味:不能玩味辨别。

㉘子胥:伍子胥,吴国的大将。吴王夫差打败越王勾践之后,曾两次兴兵伐齐,伍子胥认为越是吴的心腹之患,应该灭越,不要伐齐。夫差不听,反而听信太宰伯嚭的谗言,逼他自杀。不久吴国就被越国灭亡。

㉙介子:介子推。春秋时晋文公的臣子。晋文公未做晋国国君时,被父妾骊姬谗毁,流亡在外十九年,介子推等从行。文公回国即位后,大家争功求赏,介子推不屑与争,独奉母逃隐到绵山中。后来文公想起他的功劳,派人去找他不着,令人烧山,希望他能够出来。介子推坚绝不下山,结果抱树被烧死。

㉚文君:晋文公。寤:觉悟。

㉛禁:封山。

㉜大德:指介子推在跟从晋文公流亡的途中,缺乏粮食,他割了自己的股肉给文公吃。优游:形容大德宽广的样子。

㉝缟素:白色的丧服。

㉞訑谩:欺诈。訑,通"诞"。

㉟按实:核实。

㊱泽：臭。

㊲申旦：自夜达旦。

㊳殀：同"夭"，死亡。

㊴蕙若：蕙草和杜若，都是香草。

㊵佳冶：美丽。

㊶嫫母：传说是黄帝的妃子，貌极丑。自好：自以为美好。这句是说嫫母作出娇媚的样子，自以为十分美好。

㊷西施：春秋时越国著名的美女。

㊸白行：表白行为。

㊹见：现。

㊺错置：安排、陈列。错，同"措"。

㊻氾：同"泛"，浮起。泭：同"桴"，即筏子。

㊼溘死：忽然死去。流亡：流而亡去，指投水而死。

【译文】

追惜着往年曾见信于故君，
受到诏命去整饬时政。
守着先人的功绩光照下民，
阐明法度以消除是非疑问。

因之国家富强而法度以立，
君上委事于忠臣日以游息。
黾勉于国事我是全心全意，
虽有过失仍不至于不能治理。

纵然心地淳厚而不泄露机要，
也遭到奸人的嫉妒谗毁。

君主满含忿怒地对待下臣，
不去澄清辨别内中的是非。

蒙蔽晦塞了君王的聪明啊，
空言使他迷惑错误被欺骗。
不去按验以求查出事实，
远贬臣子却不考虑周全。
听信谗言谀词这些污浊东西，
一下子冲动起来将人责难。

为何忠贞无罪的臣子，
遭受诽谤而受到斥贬？
惭愧像日月光影那样的忠诚，
只在身处幽隐时才倍显。

我走近沅水湘水的深渊，
怎么能忍心深流自沉。
那样结果是身死而名灭，
可惜君王被蒙蔽心地不明。

君王没有准则难察下情，
使芳草弃在幽深的大泽之中。
怎样抒发衷情展示诚信？
将安于死亡而不偷生取容。
只为障碍壅塞所掩蔽阻隔，
使得忠臣个个无所适从。

我听说百里奚做过俘虏，

伊尹曾在厨房中烹煮。
吕望曾在朝歌屠宰牲口，
宁戚唱着歌喂牛草刍。
倘若不遇商汤周武齐桓秦缪，
世间有谁知道他们的好处？

吴王听信谗言不仔细判别，
伍子胥赐死后大有患忧。
介子推忠贞被焚死而骨枯，
晋文公一旦醒悟立刻访求。
封了介山而禁止采樵，
报答他大恩大德的优厚。
想起故旧多年的亲身同伴，
便穿起白色丧服痛哭泪流。

有人忠贞诚信为节操而死，
有人欺诈而不受怀疑。
不去省视考察按之以实，
只听进谗者所说的虚妄之辞。
芳香的腥臭混杂在一起，
又有谁白夜达旦认真辨识？

为什么芳草会早早枯死，
这说明微霜初降就得警惕。
确实是君主不聪明受人蒙蔽，
才使进谗献谀者日益得意。

自古以来的嫉妒贤才者，

都说蕙草杜若不能佩戴。
嫉妒那佳丽之人的芳美,
嫫母丑陋却自负妩媚可爱。
就是有了西施的绝顶美貌,
受谗妒也会被丑恶之人取代。

我愿意陈述情愫表白行为,
想不到竟意外地得了罪过。
光天化日下真情与冤屈显明,
有如天上的星宿各有置措。

乘骑骏马作长途奔驰,
没有辔缰衔勒全凭自己控制。
乘坐筏子向下游行驶,
没有船只划桨全靠自己配置。
背弃法度而凭私心治事,
也就好像与这些没什么差异。

我宁肯忽然死亡随流而去,
惟恐有生之年国家再受祸灾。
不等把话说完就投水自尽,
可惜受蒙蔽的君主仍不明白。

【赏析】

《惜往日》以首句名篇。本篇有真伪之争。南宋魏了翁《鹤山渠阳经外杂抄》因篇中提到伍子胥,怀疑本篇和《悲回风》为伪作。明许学夷《诗源辨体》和清曾国藩《求阙斋读书录》以作品语气而致疑。清吴汝纶《评点古文辞类纂》以《怀沙》为绝笔，又因本篇文词浅显，而疑本篇非屈原所作。今人陆侃如、冯沅君、刘永济、谭介甫、胡念贻等人，也都以本篇无标题且多乱辞等原因，对本篇的作者为屈原提出疑问。然而无论如何，持此种理由的观点说服力不是很强，与持本篇作者为屈原的论点相比，显得不十分有力。因此，自然不能剥夺屈原对本篇的著作权。

本篇是屈原临终前的作品，学者大多没有异词，但是否为绝笔，则有不同看法。林云铭《楚辞灯》以《怀沙》为绝笔，王夫之《楚辞通释》等以《悲回风》为绝笔，但也有不少人认本篇为绝笔，如蒋骥《山带阁注楚辞》、夏大霖《屈骚心印》、陆侃如《屈原评传》、郭沫若《屈原研究》、游国恩《楚辞论文集》、姜亮夫《楚辞今绎讲录》等。细绎文义，本篇说“宁溘死而流亡兮，恐祸殃之有再。不毕辞而赴渊兮，惜壅君之不识”，当以本篇为《怀沙》之后的绝命词。

本篇是作者在临终之前回忆自己平生政治上的遭遇，作者痛惜自己的政治理想和政治主张遭到奸人的破坏，而未能使之实现，表明了自己不得不死的苦衷，并希望用自己的一死来唤醒顷襄王的最后觉悟。

全篇可分为六段。

从“惜往日之曾信兮”至“身幽隐而备之”为第一段。追叙自己曾被怀王信任，自己也正道直行，竭忠尽智，为楚国的富强出力，但最终因奸人进谗，遭到怀王猜忌而疏远。“惜往日”就是忆往日，痛往日，因回忆过去而哀痛也。《史记·屈原传》说屈原开始时是“入则与王图议国事，以出号令；出则接遇宾客，应对诸侯，王甚任之”。开头四句与这些是对得起来的，但接下来的话就转了。“国富强”四句，言当时的楚国，修明法度，上下一心，确也呈现出一派生机勃勃的景象。可好景不长，楚怀王委弃良臣，奢侈淫佚。但屈原认为楚王虽然有过失，已犹欲弼正匡辅，此意与《离骚》和《抽思》二篇可以互证。“心纯庞”四句言由于自己对楚王一片忠心，不肯把秘密泄露给其他同僚，因此引起在位同僚的嫉妒，他们向怀王进谗言，怀王从而对自己发怒、猜忌、疏远，这正是《屈原传》中“上官大夫与之同列，争宠而心害其能”一段的形象写照。“蔽晦君”以下六句，言那些小人蔽塞君王的聪明才智，虚饰罪状，以惑误君，又欺罔之；君王也不参验考核，究其真相，就疏远贬斥了我再不思念。

从“临沅湘之玄渊兮”至“使贞臣为无由”为第二段。屈原身临湘水，决心自沉，本段写临死之前的思想斗争，更显得其就义的从容。“临沅湘”四句，汪瑗认为“上二句是极推己之恶恶之心，不欲与谗人并生于世，盖反言以见其欲死也。下二句是明己之遭君不明，死为无益，又正言其不必死也。”极是。“君无度”四句言君王不知长短，故不能察，使芳草为薮泽所壅遏而不通；君王如此不明，忍死而无益，于是甘心死之，绝不苟活。这四句是对“遂自忍而沉流”的回答。“独鄣壅”二句谓忠臣非不欲尽力，只是由于“鄣壅而蔽隐”而不得辅佐。此所谓“一篇之中，三致意焉”者也。

从“闻百里之为虏兮”至“因缟素而哭之”为第三段。列举前世君王得贤人则兴盛与信谗言则灭亡的事情来作进一步的对比说明。其中关于介子推的事情叙之尤详，本意是还希望楚王因自己之死，悔悟而改弦更张，振兴楚国。“闻百里”六句，列举百里奚逢秦穆公，伊尹逢商汤王，吕望逢周文王，宁戚逢齐桓公之事迹，此四子，国君用之而国强。“吴信谗”二句举伍子胥事。吴王夫差听信谗言令伍子胥自杀，伍子胥死后吴国便被越国灭亡。“封介山”四句举介子推之事。介子推追随晋文公流亡，文公复国不封介子推，介子推逃入深山；文公以火烧迫其出山，子推抱木而死，文公悔悟，追封介子推。屈原在这里以伍子胥死后而吴亡，与介子推死后晋文公幡然悔悟，因而追封介山之事作对比，暗示“存君兴国”之意。

从“或忠信而死节兮”至“使谗谀而日得”为第四段，承上文言自古忠臣之死，没有不是因为君王听信谗言而造成的。“或忠信”四句承前一段列举贤臣之例而进一步发挥。指出忠信者反而被迫死节，奸佞者反而被信之不疑，全都是因为君王不能参验考究加以鉴别，而一味听信小人谎言。“芳与泽”两句言君主如不能按实省察，则不能分别忠信与奸佞。“何芳草”四句言君既不能省察分别忠奸，则忠臣的命运就不会好了。

从“自前世而嫉贤兮”至“如列宿之错置”为第五段。进一步陈明自己过去与现在所做的一切都是光明正大的，如排列天上的列宿那样明明白白。

在自己死后，自己所受的委屈，一切都将会昭雪于天下。“自前世”六句以美女比贤能之人，谓在怀王时代，嫉善妒能，已经是这样子的了。美好的东西被说成是丑恶的，丑恶的东西被说成是美好的，一有好的东西出现，谣言马上就会产生。“愿陈情”四句言自己的心情与行为光明正大，如星斗罗空，必将愈来愈明白，连“陈”“白”也都是不必要的了。司马迁曾赞扬屈原：“推此志也，虽与日月争光，可也。”日、月、星为三光，“列宿错置”，亦即“与日月争光”。

从“乘骐骥而驰骋兮”至最后为第六段。进一步表明自己将沉江自尽，以身殉国的决心。“乘骐骥”二句谓驾良马疾驰，却不用控制马匹的器具。“乘氾泭”二句谓乘木筏沿流而下，却不用船桨而自恃人力。“背法度”二句谓背弃法度而随心所欲地治理国家，就好比上述两种情况，与之并无差别。“宁溘死”四句写自己赴死之因，屈原谓“恐祸殃之有再”，朱熹说“不死恐‘邦其沦丧’而辱为臣仆……箕子之忧，盖为此也。”蒋骥说：“谓国亡身虏也。”根据当时楚国屡败于秦的形势，朱、蒋二人的分析是颇有见地的。最后两句明明白白地说明了自己写完这篇诗作之后就要赴水自尽，所以我们可以判断这篇诗作确是屈原的绝笔。

这篇诗歌语言上最大的特色是文辞质朴率直，浅显易懂，表意十分明白流畅。比如对于楚王的谴责，在《离骚》等其他作品当中，一般比较委婉曲折，往往用“荃”“灵脩”“哲王”等来代替，而在本篇中，因是赴水之前的绝笔，则无所顾忌，直接责备楚王为“壅君”，正如蒋骥所说：“《九章》唯此篇词最浅易，非徒垂死之言，不暇雕饰，亦欲庸君入目而易晓也。”确乎如此，本篇诗作的这种风格，在全部屈赋中是显得十分奇特的。

其次，文章结构上前后照应，诗歌以“明法度”起，以“背法度”结，前后呼应。林云铭《楚辞灯》说；“以明法度起头，以背法度结尾，中间以‘无度’两字作前后针线，此屈子将赴渊，合怀王、顷襄两朝而痛叙被放之非辜、谄谀之得志，全在法度上决人才之进退、国势之安危。盖贞臣用则法度明，贞臣疏则法度废；及既废之后，愈无以参互考验而得贞谗之实，而君之蔽晦日深，虽有贞臣，必不能用，是君为壅君，国非其国也。”十分准确地说出了本篇这个特点。

橘颂

【原文】

后皇嘉树[①]，
橘徕服兮[②]。
受命不迁，
生南国兮。

深固难徙，
更壹志兮。
绿叶素荣，
纷其可喜兮。

曾枝剡棘[③]，
圆果抟兮[④]。
青黄杂糅[⑤]，
文章烂兮[⑥]。

精色内白[⑦]，
类任[⑧]道兮。
纷缊[⑨]宜修，
姱而不丑兮。

嗟尔幼志，

有以异兮。
独立不迁，
岂不可喜兮。

深固难徙，
廓[10]其无求兮。
苏世[11]独立，
横而不流兮[12]。

闭心自慎，
不终失过兮。
秉[13]德无私，
参天地兮[14]。

原岁并谢[15]，
与长友兮[16]。
淑离不淫[17]，
梗其有理兮[18]。

年岁虽少，
可师长兮。
行比伯夷[19]，
置以为像兮[20]。

【注释】

①后皇：皇天后土。嘉：美，或释为生育。

②徕：同“来”。服：服习南国水土。

③剡棘：尖刺。橘枝有刺。

④圆果：指橘子。抟：通"团"，指橘子长得圆美。

⑤青黄杂糅：橘子皮色有青有黄，相互错杂。

⑥文章：文采，此指橘子色彩。烂：灿烂。

⑦精色：橘子外表颜色鲜明。内白：橘子内瓤洁白。

⑧任：担当重任。

⑨纷缊：同"氛氲"，香气盛貌。

⑩廓：空廓，此指胸怀开阔。

⑪苏世：在世上保持清醒，或曰疏远俗世。

⑫横：横立世上，或释为栏木，以喻自我约束。不流：不随从流俗。

⑬秉：执，持。

⑭参：合。参天地，上合天地无私之德。

⑮岁：岁暮。并谢：百花一齐凋谢。

⑯与长友：长与橘为朋友。橘树四季常青，不因岁寒而凋。

⑰淑：美，善。离：通"丽"，附丽。淫：放荡。

⑱梗：直。理：纹理。此以橘之干直而有纹理，喻人之坚守直道、符合正理。

⑲比：比美。伯夷：商末孤竹君之子，周灭商，伯夷与弟叔齐义不食周粟，饿死于首阳山中。是后世称颂的有节之士。

⑳置：植，立。像：榜样。

【译文】

你天地孕育的橘树哟，
生来就适应这方水土。
禀受了再不迁徙的使命，
便永远生在南楚。

你扎根深固难以迁移，

立志是多么专一。
叶儿碧绿,花儿素洁,
意态又何其缤纷可喜。

层层树叶间虽长有刺儿,
果实却结得如此圆美。
青的黄的错杂相映,
色彩哟简直灿若霞辉。

你外色精纯内瓤洁白,
正如堪托大任的君子。
气韵芬芳,仪度潇洒,
显示着何其脱俗的美质。

我赞叹你南国的橘树哟,
幼年立志就与众迥异。
你独立于世不肯迁移,
这志节岂不令人欣喜。

你扎根深固难以移徙,开阔的胸怀无所欲求。你疏远浊世超然自立,横耸而出绝不俯从俗流。

你坚守着清心谨慎自重,
何曾有什么罪愆或过失。
你那无私的品行哟,
恰可与天地比德。

我愿在众卉俱谢的岁寒，
与你长作坚贞的友人。
你秉性善良从不放纵，
坚挺的枝干纹理清纯。

即使你现在年岁还轻，
却已可做我钦敬的师长。
你的品行堪比伯夷，
将永远是我立身的榜样。

【赏析】

南国多橘，楚地更可以称之为橘树的故乡了。《汉书》盛称“江陵千树橘”，可见早在汉代以前，楚地江陵即已以产橘而闻名遐迩。不过橘树的习性也奇：只有生长于南土，才能结出甘美的果实，倘要将它迁徙北地，就只能得到又苦又涩的枳实了。《晏子春秋》所记“橘生淮南则为橘，生于淮北则为枳”，说的就是这种情况。这不是一大缺憾吗？但在深深热爱故国乡土的屈原看来，这种“受命不迁，生南国兮”的秉性，正可与自己矢志不渝的爱国情志相通。所以在他遭谗被疏、赋闲郢都期间，即以南国的橘树作为砥砺志节的榜样，深情地写下了这首咏物名作——《橘颂》。

《橘颂》可分两节，第一节重在描述橘树俊逸动人的外美。开笔“后皇嘉树，橘徕服兮”等三句就不同凡响：一树坚挺的绿橘，突然升立在广袤的天地之间，它深深扎根于“南国”之土，任凭什么力量也无法使之迁徙。那凌空而立的意气，“受命不迁”的坚毅神采，顿令读者升起无限敬意！橘树是可敬的，同时又俊美可亲。诗人接着以精工的笔致，勾勒它充满生机的纷披“绿叶”，晕染它雪花般蓬勃开放的“素荣”；它的层层枝叶间虽也长有“剡棘”，但那只是为了防范外来的侵害；它所贡献给世人的，却有“精色内白”，光彩照人的无数“圆果”！屈原笔下的南国之橘，正是如此“纷緼宜修”、如此堪托大任！本节虽以描绘为主，但从字里行间，人们却可强烈地感受到，诗人对祖国“嘉树”的一派自豪、赞美之情。

橘树之美好，不仅在于外在形态，更在于它的内在精神。本诗第二节，即从对橘树的外美描绘，转入对它内在精神的热情讴歌。屈原在《离骚》中，曾以“羌无实而容长”，表达过对“兰”“椒”等辈“委其美而从俗”的鄙弃。橘树却不是如此。它年岁虽小，即已抱定了“独立不迁”的坚定志向；它长成以后，更是“横而不流”“淑离不淫”，表现出梗然坚挺的高风亮节；纵然面临百花“并谢”的岁暮，它也依然郁郁葱葱，绝不肯向凛寒屈服。诗中的“愿岁并谢，与长友兮”一句，乃是沟通“物我”的神来之笔：它在颂橘中突然揽入诗人自己，并愿与橘树长相为友，面对严峻的岁月，这便顿使傲霜斗雪的橘树形象，与遭谗被废、不改操守的屈原自己叠印在了一起。而后思接千载，以“行比伯夷，置以为像兮”收结，全诗境界就一下得到了升华——在两位古今志士的遥相辉映中，前文所赞美的橘树精神，便全都流转、汇聚，成了身处逆境、不改操守的伟大志士精神之象征，而高高映印在历史天幕上了！

从现在所能见到的诗作看。《橘颂》堪称中国诗歌史上的第一首咏物诗。屈原巧妙地抓住橘树的生态和习性，运用类比联想，将它与人的精神、品格联系起来，给予热烈的赞美。借物抒志，以物写人，既沟通物我，又融会古今，由此造出了清人林云铭所赞扬的“看来两段中句句是颂橘，句句不是颂橘，但见屈原与橘分不得是一是二，彼此互映，有镜花水月之妙”的奇特境界。从此以后，南国之橘便蕴含了志士仁人“独立不迁”、热爱祖国的丰富文化内涵，而永远为人们所歌咏和效法了。这一独特的贡献，无疑仅属于屈原，所以宋刘辰翁又称屈原为千古“咏物之祖”。

悲回风

【原文】

悲回风之摇蕙兮①，
心冤结②而内伤。
物有微而陨性兮③，
声有隐而先倡④。

夫何彭咸之造思⑤兮，
暨志介而不忘⑥！
万变其情岂可盖兮，
孰虚伪之可长！

鸟兽鸣以号群⑦兮，
草苴比而不芳⑧。
鱼葺⑨鳞以自别兮经，
蛟龙隐其文章⑩。
故荼荠不同亩兮⑪，
兰茝幽而独芳。

惟佳人之永都兮⑫，
更统世而自贶⑬。
眇远志⑭之所及兮，
怜浮云之相羊⑮。
介眇志之所惑兮⑯，

窃[17]赋诗之所明。

惟佳人之独怀兮[18]，
折若椒以自处[19]。
曾歔欷之嗟嗟兮[20]，
独隐伏而思虑。
涕泣交而凄凄[21]兮，
思不眠以至曙[22]。
终长夜之曼曼[23]兮，
掩此哀而不去[24]。

寤从容以周流兮[25]，
聊逍遥以自恃[26]。
伤太息之愍怜兮[27]，
气于邑[28]而不可止。
糺思心以为纕兮[29]，
编愁苦以为膺[30]。
折若木[31]以蔽光兮，
随飘风之所仍[32]。

存髣髴[33]而不见兮，
心踊跃其若汤[34]。
抚佩衽以案志兮[35]，
超惘惘而遂行[36]。

岁曶曶其若颓兮[37]，
旹亦冉冉而将至[38]。
薠蘅槁而节离兮[39]，

芳以歇而不比[40]。

怜思心之不可惩兮[41]，
证此言之不可聊[42]。
宁溘死[43]而流亡兮，
不忍此心之常愁。

孤子吟而抆泪兮[44]，
放子[45]出而不还。
孰能思而不隐兮[46]，
照彭咸之所闻[47]。

登石峦[48]以远望兮，
路眇眇[49]之默默。
入景[50]响之无应兮，
闻省[51]想而不可得。

愁郁郁之无快兮[52]，
居[53]戚戚而不可解。
心鞿羁而不形兮[54]，
气缭转而自缔[55]。

穆[56]眇眇之无垠兮，
莽芒芒之无仪[57]。
声有隐而相感兮[58]，
物有纯而不可为[59]。

藐蔓蔓之不可量兮[60]，

缥绵绵之不可纡[61]。
愁悄悄[62]之常悲兮，
翩冥冥之不可娱[63]。
凌大波而流风兮[64]，
托[65]彭咸之所居。
上高岩之峭岸[66]兮，
处雌霓之标颠[67]。
据青冥而摅虹兮[68]，
遂儵忽而扪天[69]。

吸湛露之浮源兮[70]，
漱凝霜之雰雰[71]。
依风穴[72]以自息兮，
忽倾寤以婵媛[73]。

冯昆仑以瞰雾兮[74]，
隐岷山以清江[75]。
惮涌湍之磕磕兮[76]，
听波声之汹汹[77]。

纷容容之无经兮[78]，
罔芒芒之无纪[79]。
轧洋洋之无从兮[80]，
驰委移[81]之焉止。

漂[82]翻翻其上下兮，
翼遥遥[83]其左右。
氾潏潏其前後兮[84]，

伴张驰之信期[85]。

观炎气之相仍兮[86]，
窥烟液之所积[87]。
悲霜雪之俱下兮，
听潮水之相击。

借光景以往来兮，
施黄棘之枉策[88]。
求介子之所存兮[89]，
见伯夷之放迹[90]。
心调度而弗去兮[91]，
刻著志之无适[92]。

曰[93]：
吾怨往昔之所冀[94]兮，
悼[95]来者之悐悐。
浮江淮而入海兮，
从子胥而自适[96]。

望大河之洲渚兮，
悲申徒之抗迹[97]。
骤[98]谏君而不听兮，
重任石[99]之何益！
心絓结[100]而不解兮，
思蹇产而不释[101]。

【注释】

①回风:旋转之风。摇:撼动。蕙:香草。

②冤结:郁结。

③微:隐行。陨:落。

④隐:隐微。先:当为“失”字之误。倡:即“唱”。

⑤造思:犹设想。

⑥暨:与。介:系。不忘:指不忘志向。

⑦号群:号呼同类。

⑧苴:已死之草。比:比合。

⑨葺:重叠累积。

⑩文章:文彩,花纹。

⑪荼:苦菜。荠:甜菜。

⑫佳人:屈原自称。都:美盛。

⑬更:历。统世:继世。贶:赐。自贶,犹言自求多福。

⑭眇:通“渺”,遥远。眇远志,高远的志向。

⑮相羊:同“徜徉”。飘流不定的样子。

⑯介:耿介持守。惑:一本作“感”,可从。

⑰窃:私下。

⑱佳人:屈原自称。独怀:胸怀与众不同。

⑲若:杜若,一种香草。椒:申椒,香料植物。自处:自我安排,自我料理。

⑳曾:屡次。歔欷:叹气,抽噎。嗟嗟:叹息声。

㉑凄:凄伤。

㉒曙:天将明。

㉓曼曼:长。

㉔掩:留止,停留。不去:不能去怀。

㉕寤:觉醒。周流:周游。

㉖恃:借为“持”。自持,自我支持。

㉗太息:叹息。愍:哀怜。

㉘于邑:即“郁悒”。

㉙糺:“纠”的假借字。合。纕:佩带。

㉚编:结。膺:本义是胸,引申为护胸的背心。

㉛若木:古代神话中的树名。

㉜仍:因,循。

㉝存髣髴:指事物看不清楚。髣髴,通作“仿佛”。

㉞踊跃:跳动。汤:沸水。

㉟佩:玉佩。衽:衣襟。案:抑。

㊱超:举。惘惘:失意惶遽的样子。

㊲曶曶:同“忽忽”,指时光匆匆而过。颓:水下流。

㊳旹:即“时”,此指老年。冉冉:渐渐。

㊴薠蘅:白薠、杜蘅,两种香草。槁:枯。节离:草枯则节节断落。

㊵歇:消失。以:已。比:比并,指香花并开。

㊶怜:爱怜。惩:止。

㊷聊:赖。

㊸溘死,忽然死去,义较佳。

㊹孤子:屈原自称。抆:拭。

㊺放子:被国君放逐的人,屈原自称。

㊻隐:痛。

㊼照:当从一本作“昭”,清楚。所闻:指听说的彭咸故事。

㊽峦:小而尖的山。

㊾眇眇:同“渺渺”。远的样子。

㊿景:同“影”。

(51)省:察看。

(52)无快:不快乐。

(53)居:疑为“思”字。

(54)靰羁:马缰,此处指受拘束。形:当从一本作“开”。

(55)缭转:缭绕。自缔:自结。

(56)穆:静。

(57)芒芒:同“茫茫”。仪:容。

(58)隐:微。感:感应。

(59)不可为:不一定有所作为。

(60)藐:同“邈”,遥远。蔓蔓:同“漫漫”。不可量:无法估计。

(61)缥:高远。纡:萦绕。

(62)悄悄:忧愁的样子。

(63)翩:疾飞。冥冥:渺远。

(64)凌:乘。流风:顺风而流。

(65)托:托寄。

(66)峭岸:陡峭险峻的崖壁。

(67)雌霓:虹之一种,即副虹。《尔雅·释天》邢昺疏:“虹双出,色鲜盛者为雄,雄曰虹;暗者为雌,雌曰霓。”标颠:顶点。

(68)青冥:青天。摅:舒。

(69)儵忽:顷刻之间,忽然。儵,同“倏”。

(70)湛露:浓重的露水。浮源:姜亮夫《屈原赋校注》谓当作“浮浮”,露浓重之状。

(71)漱:漱口。凝霜:浓霜。雰:即“氛”。

(72)风穴:古代传说中的洞穴名,相传北方寒风自其中而出。

(73)忽倾寤:忽然全部了悟。婵媛:同“啴喛”,忧伤。

(74)冯:凭靠。瞰:俯视。

(75)隐:依凭。清江:看清江流。

(76)惮:惧怕。涌湍:急流。礚礚:水石撞击声。礚,同“磕”。

(77)洶洶:波涛声。洶,即“汹”。

(78)纷:乱。容容:同“溶溶”,水流动的样子。无经:没有常规。

(79)罔:通“惘”,怅惘。无纪:无纪纲。

⑧轧：指波涛互相倾压。洋洋：水大的样子。

⑧委移：同“逶迤”，水流弯曲的样子。

⑧漂：同“飘”。

⑧遥遥：摇来摇去。遥，通“摇”。

⑧氾：同“泛”。潏潏：水涌出的样子。

⑧伴：“判”的假借字，判别。张弛：涨落。信期：潮汐的汛期。

⑧炎：热。相仍：相因。

⑧烟：上升之气云。液：下降之液，即雨。积：结，聚。

⑧黄棘：棘刺。枉：曲。

⑧介子：介子推，春秋时晋文公的臣子。所存：此指介子推隐居之处。

⑨伯夷：商末孤竹君的长子。因反对周武王灭商，不食周粟，饿死在首阳山。放迹：放逐之处。

⑨调度：姜亮夫《屈原赋校注》云：“此犹言惆怅也。”弗去：不能决。

⑨刻著志：意志坚决。适：往。

⑨曰：即“乱曰”。

⑨冀：希望。

⑨悼：同“惕”，警惕。

⑨子胥：伍子胥。传说伍子胥被迫自杀，吴王夫差将他的尸体投入江中。自适：顺应自己的心志。

⑨申徒：申徒狄，殷末贤臣。屡次进谏，纣王不听。抱石投河而死。抗：同“亢”，亢迹，高尚的事迹。

⑨骤：多次。

⑨重任石：当作“任重石”。任，犹抱、负。

⑩絓结：打了结。

⑩蹇产：纠缠阻塞。释：消解。

【译文】

悲痛回旋之风摇落蕙草，

我心中郁结内自感伤。
物有因美好而本性凋丧，
声有因隐微而不能起唱。

何以彭咸产生的思想，
与其心志相联系能始终不忘。
遭遇万变其中情由岂能遮盖，
虚伪做作又怎能保持久长。

鸟兽鸣叫呼号它们的同类，
鲜草枯苴杂合就没有芬芳。
鱼儿叠起鳞片自己显示特别，
蛟龙隐藏起它身上的纹章。
苦荼甜荠不在一块田里生长，
兰草芷草在幽深处独含清香。

想那佳人是永久美丽的，
经过几代之久能自求多福。
远大的志向所达到的高度，
爱白云在天空自由飘浮。
耿介抱着远大志向感于世事，
私下赋诗来明白倾诉。

想那佳人与众不同的胸襟。
折采杜若申椒自我安排。
屡屡悲慨哽咽连声叹息，
独自隐居伏处思绪满怀。

涕泪交流真是十分凄凉，
思量着难以入睡直到天亮。
过尽了漫漫的长夜，
留着的这点悲哀仍不消亡。

醒来后从容地周游四方，
姑且以逍遥自在自我支持。
伤感叹息实在太可哀怜，
心气郁闷总不能停止。

纠合忧思之心作为佩带，
编结愁苦之情作为背心。
折下若华之木遮蔽日光，
任随飘风乱吹循着各种路径。

存在的事物迷迷糊糊辨不清，
心却跳跃着有如汤水沸腾。
抚着玉佩衣襟抑制激动的心情，
怅惘失意中便动身出行。

岁月匆匆有如水流，
老年也缓缓地将要到来。
白薠杜蘅枯槁而节节断离，
芬芳鲜花已消歇不再并开。

可怜思念之心不能止住，
证明这些谎言不可信赖。
宁愿忽然死去从流而亡，
不忍心再作此常愁之态。

孤独的人悲叹着拭去泪水，
被放逐的人受贬谪不能返回。
谁能满怀思念而不心痛？
清楚地听说彭咸的所作所为。

登上石山向远处嘹望，
道路纡远而又静默。

进入光影声响都无回应之地，
听闻省视思索一无所获。

愁思郁郁没有一点快乐，
居处总戚戚悲凉不能自解。
心中有所束缚挣扎不开，
血气缭绕自我纠缠打结。

静穆时渺渺没有边际，
苍莽处茫茫没有形态。
声音隐蔽而能相感应，
事物纯美却每多无奈。

渺渺漫漫不可量度，
悠悠长长不可收束。
愁心深重常自感悲痛，
疾飞高远也并无欢娱。
乘着大波顺风而流，
将托寄在彭咸所居之处。

登上岩石高高的陡峭河岸，
处于雌霓副虹的高颠。
依凭着青天舒展一道彩虹，
于是霎时间已摸到苍天。

将浓浓成团的露水吸饮，
用纷纷凝结的寒霜漱口。
倚着天上风的穴口休息，
忽然全部了悟因而悲忧。

凭靠着昆仑山下视云雾，
依傍着岷山看清江流。

害怕急流中水石撞击之声，
听着涛声汹汹的怒吼。

心思纷纷乱乱没有规律，
精神迷迷惘惘没有头绪。
波涛互相倾轧难以趋从，
连绵起伏奔流着哪儿停住？

心如飘浮翻飞一上一下，
像两翼在左右摇动拍击。
像泛滥的大水前后奔涌，
伴着涨落定时的汛期。

观看那火焰与烟气相因而生，
窥察那云朵与雨滴所以集积。
悲慨霜与雪一起降下，
听着潮水波浪震激。

我借着光与影来来往往，
使用棘刺做成的弯鞭驾御。
去寻求介子推隐居之地，
再见一见伯夷放逐之处。
心里惆怅不已忧思难除，
意志坚决哪儿也不会去。

煞尾：
我怨恨往昔的那些期望，
悲悼未来更戒惧警惕。
浮长江过淮水向东入海，
追随伍子胥自求适意。

眺望大河中的沙洲水渚，

悲伤申徒狄的高尚事迹。
屡屡劝谏君王而不被听从，
抱着重石自沉又有何益。
心头打了死结不能解开，
思理壅塞终究没法清理。

【赏析】

《悲回风》以句首名篇。本篇也存在真伪之争，南宋魏了翁《鹤山渠阳经外杂抄》以本篇风格不似屈原而像宋玉、景差之作而怀疑本篇为伪作，明代许学夷《诗源辨体》以语气不似屈原而提出疑问，吴汝纶《古文辞类纂点勘记》，以本篇文字太奇而疑为伪作，后来陈钟凡《楚辞各篇作者考》、陆侃如与冯沅君《中国诗史》、刘永济《屈赋通笺》、谭介甫《屈赋新编》、胡念贻《屈原作品的真伪及其写作年代》，也从各个角度认为本篇不是屈原所作。当然他们列举了许多理由，但我们认为，这些从语言、风格、文字、语气各个角度提出的观点还不足以推翻王逸以来认定本篇诗歌是屈原所作的观点，不足以剥夺屈原的著作权。

关于本篇的写作时间，也有作于怀王及顷襄王时共四种意见。第一种意见，陆侃如《屈原评传》认为是楚怀王十六年（前313）放逐汉北时所作；第二种意见，林云铭《楚辞灯》、夏大霖《屈骚心印》、郭沫若《屈原研究》认为是顷襄王六至七年（前293——前292）间作品；第三种意见，蒋骥《山带阁注楚辞》认为是自沉汨罗的前一年秋天；第四种意见，王夫之《楚辞通释》、王闿运《楚辞释》认为是屈原自沉时所作，为屈原绝笔。以上诸说，以蒋骥之说最为近似。因为篇中流露出的那种感情，可判定在自沉汨罗前不远之时。关于本篇主旨，汪瑗《楚辞集解》说："此篇因秋夜愁不能寐，感回风之起，凋伤万物，而兰茝独芳，有似乎古之君子遭乱世而不变其志者，遂托为远游伤古之辞，以发泄其愤懑之情。"讲得是比较好的。

全篇共分五段。

从开头至“窃赋诗之所明”为第一段。因回风摇蕙的季节气候，联系对忠贤见斥的现实悲哀，指出君子始终是光明正大的，与万变其情的小人不同，同时表明了自己终不改悔的坚定胸怀。“悲回风”四句，前两句是说在回风震荡之中，凋陨了蕙草的微弱生机。后二句是说，这回风的初起，是有隐微的声音倡之于先的。这是即景生情，托物起兴，钱澄之《庄屈合诂》说：“秋风起，蕙草先死；害气至，贤人先丧。”可谓得矣。“夫何彭咸”四句，表达了自己对古代贤臣彭咸的无限思念仰慕之情，并说，虽然天下之事万变，但真相怎么能够掩盖得了，虚伪哪能保持长久？“鸟兽鸣”六句写秋冬之景，似都有所指称。“鸟兽鸣以号群”“鱼葺鳞以自别”是说物以类聚，不相杂厕。用以比喻君子和小人之不能共处。“草苴比而不芳”象征奸佞在朝，同恶相济。“蛟龙隐其文章”比喻贤人远引，文采不彰，两两相对，交错成文。下面二句先以苦菜与甜菜不能种在一起，亦喻贤人处乱世，虽无人知，但不因此而改变其芬芳的节操。“惟佳人”六句意思又进一层，谓自己眼界高远，以古人彭咸等自期，然孤高之心却无所依傍，自己深微的意志不为别人理解。于是私下写作此诗，来明白地说出其中的道理。

从“惟佳人之独怀兮”至“昭彭咸之所闻”为第二段。写自己在放逐时感到十分孤单，但仍然爱国忧时，因此弄得心烦意乱。“惟佳人”四句，姜亮夫谓“言隐居伏处而独自思虑，无人知也”。“涕泣交”八句王夫之释为“宵而不安于寝，旦而不怡于游，终不释于怀抱”。所见极是。“紃思心”二句形容自己忧思之深切，这就像后世辛弃疾所谓“一身都是愁”也。“折若木”二句，上句说自己求神木以遮蔽日光，象征自己曾力求韬光养晦，下句说自己随着飘风的牵引。任从它把自己吹到哪里，意指心情之空虚。“存髣髴”二句接着形容自己极端愁苦，有时陷入不闻不问、万念俱灰的枯寂状态，但有时又激动起来，心跳不止。“抚佩衽”二句意为勉强抑制自己的悲愁，茫无目的，踽踽而行。“岁曶曶”四句承“遂行”之后，写“行”中所见，时序迁流，众芳摇落，触目惊心，益深忧虑。

"怜思心"四句言自己长愁的原因。"孤子唫"四句，姜亮夫《屈原赋校注》云："此言思心既不可创伤，则惟存一死。"又引蒋骥《山带阁注楚辞》云："所以然者，秦关不返，孤臣有故主之悲；南土投荒，放子无还家之日，此固交痛而不已者也。安得不为彭咸之所为乎？"

从"登石峦以远望兮"至"托彭咸之所居"为第三段。本段写自己生意已尽，死志已决。"登石峦"四句言自己登山远望，一片寂静。楚国本是个强国。上下本应忧勤警惕，奋发图强，然而现在既不见行动，呼之又不闻其反响，因此实在令人痛心疾首。"愁郁郁"四句紧承上文，写登高远望后引起的愁肠百结。"穆眇眇"四句紧承上文，意谓自己的心情有时愁思茫茫无边无际，有时则陷入空虚而无所着落的状态。叹声隐尚有可感，志纯竟不可为。"藐蔓蔓"两句，亦诉说自己的主观心情，言思入辽远，则渺渺漫漫不可度量，思入深微，则悠悠长长不可收束，"愁悄悄"两句言自己的神魂虽在高远处飞逝，却并无快乐。"凌大波"两句，表明忠臣直士只有一条路：效法古之贤人彭咸。屈原于是想乘着滚滚波涛，随风而流，到彭咸投水而死的地方去。

从"上高岩之峭岸兮"至"刻著志之无适"为第四段。本段设想自己死后。灵魂不灭，神游天地的情形，进而抒写自己的主张和思想，剖白自己光明正大、志洁行芳。"上高岩"四句，姜亮夫认为："此言上依彭咸，初至高岩陵岸之间，继则更上而处于云气之杪顶，再上则至于玄冥之上；而舒摅其虹采，遂尔于俄顷之间，而上抚于天庭矣。此上升之事也。""吸湛露"四句，姜亮夫认为是从彭咸居后之事。以上八句写神游太空，极想象中壮丽、高洁、温暖之乐。但转瞬之间突然惊醒，又起故国之思。"冯昆仑"四句写身宿风穴。风穴在昆仑，故醒后即依凭昆仑透过云雾而下瞰人寰。"纷容容"四句就心境立说，姜亮夫说："此言己心烦乱，无复经纪，欲进则无所从，欲退则无所止也。""漂翻翻"四句，上两句仍写心境，心如两翼摇摇，翻飞飘浮或上或下，时左时右；下两句言自昆仑下至江水，往来江上，神游故国而下观。"观炎气"四句，借炎气烟液等为喻述事物相因之理。天庭既不能久居，彭咸也不可终随，故下转为访问古代的贤人，“借光景”六句即言自己已下定决心，循着介子推、伯夷的足迹前进。

“曰”字以下至结尾为第五段。顾往悼来，表白决心，但绝不轻于一死。“吾怨”二句谓怨恨往昔的希望落空，警惕来日可危。“浮江海”二句指伍子胥事。谓准备投水而死，追随子胥。“望大河之洲渚兮”四句承前“从子胥”而言，意思是说，申徒狄以身殉国，其情固属可悲，但他的死并不能挽救殷商的覆亡，则死又何益？显示自己的处境，虽然死志已决，但就整个楚国言，未来的危机，也不是自己一死所能遽了的。故以“心絓结”二句作为全篇的终结。屈原在政治斗争过程中，虽然早已作了最后牺牲的思想准备，这种念头，也曾经常浮现，但不到最后时刻，绝不轻易付诸实施，可见此尚非绝命之词。

本篇写作艺术上的最大特点是心理刻画手法上的高妙。全篇未见事实之叙述，全是作者心理活动的展现。作品充满着深沉、悲愤的情绪，思理困惑，不知所释，忧伤悲怆，故有此篇之作。姜亮夫《屈原赋校注》认为：“诗中描绘心思，出入内外远近不同之情，上下左右前后之态。而仍不知所止，悲感与思理相挟持，而遂思入眇茫，从彭咸之所居。既至天上，忽又感烟雨之终不可永久浮游上天，遂思追踪介子伯夷。既睹申徒之死而无益，又自回惑不解！”此评甚为准确。

此外，本篇语言上也有其特色。作品中有不少双声叠韵联绵词，“相羊”“歔欷”“髣髴”“从容”“周流”“逍遥”“于邑”“踊跃”“婵媛”“委移”等等，随处可见。而叠字词的运用，更是接二连三，触目皆是，“嗟嗟”“凄凄”“曼曼”“惘惘”“曶曶”“冉冉”“眇眇”“默默”“郁郁”“戚戚”“芒芒”“蔓蔓”“緜緜”“悄悄”“冥冥”“雰雰”“磕磕”“汹汹”“容容”“洋洋”“翻翻”“遥遥”“潏潏”“愁愁”，总计共有二十四个，这些词语。不仅增加了诗歌的音乐美，对诗歌幽怨悲凉意境的形成，也起着极大的作用。

卷五　远游

【原文】

悲时俗之迫阨兮[1]，
愿轻举而远游。
质菲薄而无因兮，
焉托乘[2]而上浮？
遭沉浊而汙秽兮，
独郁结其谁语！
夜耿耿而不寐兮，
魂茕茕[3]而至曙。

惟天地之无穷兮，
哀人生之长勤，
往者余弗及兮，
来者吾不闻，
步徙倚而遥思兮，
怊惝怳而乖怀[4]。
意荒忽而流荡兮，
心愁悽而增悲。
神倏忽[5]而不反兮，
形枯槁而独留。
内惟省以端操兮[6]，
求正气之所由。
漠虚静以恬愉兮，

澹无为而自得。

闻赤松[7]之清尘兮，
愿承风乎遗则。
贵真人之休德兮[8]，
美往世之登仙，
与化去[9]而不见兮，
名声著而日延。
奇傅说[10]之托星辰兮，
羡韩众[11]之得一。
形穆穆而浸[12]远兮，
离人群而遁逸。
因气变而遂曾[13]举兮，
忽神奔而鬼怪。
时仿佛以遥见兮，
精晈晈以往来。
绝氛埃而淑尤兮[14]，
终不反其故都。
免众患而不惧兮，
世莫知其所如[15]。

恐天时之代序兮，
耀灵晔而西征[16]。
微霜降而下沦兮，
悼芳草之先零。
聊仿佯[17]而逍遥兮，
永历年而无成。
谁可与玩斯遗芳兮？

晨向风而舒情。
高阳[18]邈以远兮，
余将焉所程[19]？

重曰：
春秋忽其不淹兮[20]，
奚久留此故居。
轩辕[21]不可攀援兮，
吾将从王乔[22]而娱戏。
餐六气而饮沆瀣兮[23]，
漱正阳[24]而含朝霞。
保神明之清澄兮，
精气入而粗秽除。
顺凯风[25]以从游兮，
至南巢而壹息。
见王子而宿之兮，
审壹气之和德。

曰：
“道可受兮，
不可传。
其小无内[26]兮，
其大无垠。
无滑[27]而魂兮，
彼将自然。
壹气孔[28]神兮，
于中夜存。
虚以待之兮，

无为之先。
庶类[29]以成兮，
此德之门。”

闻至贵而遂徂兮，
忽乎吾将行。
仍羽人于丹丘兮[30]，
留不死之旧乡。
朝濯发于汤谷兮[31]，
夕晞余身兮九阳[32]。
吸飞泉之微液兮，
怀琬琰之华英。
玉色頩以脕颜兮[33]，
精醇粹而始壮。
质销铄以汋约兮[34]，
神要眇以淫放[35]。
嘉南州之炎德兮，
丽桂树之冬荣；
山萧条而无兽兮，
野寂漠其无人。
载营魄而登霞兮，
掩浮云而上征。
命天阍[36]其开关兮，
排阊阖[37]而望予。
召丰隆[38]使先导兮，
问大微[39]之所居。
集重阳入帝宫兮，
造旬始而观清都[40]。

朝发轫于太仪兮[41]，
夕始临乎微闾[42]。
屯余车之万乘兮，
纷溶与而并驰。
驾八龙之婉婉兮，
载云旗之逶蛇。
建雄虹之采旄兮，
五色杂而炫耀。
服偃蹇以低昂兮[43]，
骖连蜷[44]以骄骜。
骑胶葛[45]以杂乱兮，
斑漫衍而方行[46]。
撰余辔而正策兮，
吾将过乎句芒[47]。
历太皓[48]以右转兮，
前飞廉[49]以启路。
阳杲杲其未光兮，
凌天地以径度。
风伯为作先驱兮，
氛埃辟而清凉。
凤凰翼其承旂兮[50]，
遇蓐收乎西皇[51]。
揽慧星以为旍[52]兮，
举斗柄以为麾。
叛陆离其上下兮，
游惊雾之流波。
时暧曃其曭莽兮[53]，

召玄武[54]而奔属。
后文昌使掌行兮，
选署众神以并毂。
路漫漫其修远兮，
徐弭节[55]而高厉。
左雨师使径侍兮，
右雷公以为卫。
欲度世以忘归兮，
意恣睢以担挢[56]。
内欣欣而自美兮，
聊媮娱以自乐[56]。
涉青云以泛滥游兮，
忽临睨[57]夫旧乡。
仆夫怀余心悲兮，
边马顾而不行。
思旧故以想象兮，长
太息而掩涕。氾容与
而遐举兮，
聊抑志而自弭[58]。
指炎神而直驰兮，
吾将往乎南疑[59]。

览方外之荒忽兮，
沛罔象[60]而自浮。
祝融戒而还衡兮[61]，
腾告鸾鸟迎宓妃[62]。
张咸池奏承云兮[63]，
二女御九韶歌[64]。

使湘灵鼓瑟兮，
令海若舞冯夷[65]。
玄螭虫象[66]并出进兮，
形蟉虬[67]而逶蛇。
雌霓便娟以增挠兮[68]，
鸾鸟轩翥[69]而翔飞。
音乐博衍[70]无终极兮，
焉乃逝以徘徊。
舒并节以驰骛兮，
逴绝垠乎寒门[71]。
轶迅风于清源兮[72]，
从颛顼[73]乎增冰。
历玄冥[74]以邪径兮，
乘间维以反顾。
召黔嬴[75]而见之兮，
为余先乎平路。
经营四荒兮，
周流八漠。
上至列缺兮[76]，
降望大壑。
下峥嵘[77]而无地兮，
上寥廓而无天。
视倏忽而无见兮，
听惝恍而无闻。
超无为以至清兮，
与泰初[78]而为邻。

【注释】

①迫阨:困阻灾难。

②焉托乘:以什么作为寄托、乘载的工具。

③茕茕:孤独之貌。

④怊惝怳:惆怅失意。乖怀:心愿违背,心气不顺。

⑤倏忽:一会儿。

⑥端操:端正操守。

⑦赤松:赤松子,古之仙人,传说神农时为雨师。

⑧休德:美德。

⑨化去:指仙去。

⑩傅说:殷高宗武丁的宰相,传说他死后,精魂乘星上天。

⑪韩众:即韩终,春秋齐人,为王采药,王不肯服,于是他自己服下成仙。

⑫浸:渐。

⑬曾:同“层”。

⑭淑尤:王逸《楚辞章句》:“淑,善也;尤,过也;言行道修善过先祖也。”

⑮如:往。

⑯耀灵:太阳。晔:光耀。

⑰仿佯:同“彷徉”,即彷徨、徜徉。

⑱高阳:高阳氏之帝,即颛顼。

⑲程:效法。

⑳淹:滞留。

㉑轩辕:即黄帝,姓公孙。名轩辕。

㉒王乔:即王子乔,传说中得道成仙者,据说他是周灵王之子,故以王子为称,也叫王子晋。

㉓六气:据道家之说,世上有天地四时六种精气,修炼者服食之即能成仙。沆瀣:露水。

㉔正阳:六气中夏时之气。

㉕凯风:南风。

㉖内:同“纳”,容纳。

㉗滑:紊乱。

㉘孔:很。

㉙庶类:众类万物。

㉚羽人:羽化升天的仙人。丹丘:仙境之地。

㉛汤谷:同“旸谷”,日出之处。

㉜九阳:古时传说,旸谷有扶桑树,上有一个太阳,下有九个太阳,十个太阳轮流值班一天。

㉝頩:貌美。脕颜:滋润颜面。

㉞汋约:同“绰约”,柔美。

㉟淫放:指洒脱不受拘束。

㊱天阍:天宫的看门人。

㊲阊阖:天门。

㊳丰隆:雷神,一说云神。

㊴大微:即“太微”,天帝的南宫。

㊵旬始:星宿名。清都:天宫之名。

㊶发轫:发车。太仪:天上的太仪殿。

㊷微闾:医巫闾山,古人认为神仙所居。

㊸服:中间两匹驾车的马。偃蹇:宛转之貌。

㊹连蜷:指马身马蹄弯曲之状。

㊺胶葛:纠葛,交错杂乱。

㊻斑:同“班”,队列。曼衍:绵绵不绝。

㊼句芒:东方木神之名。

㊽太皓:同“太皞”,东方上帝之名。

㊾飞廉:风伯之名。

㊿旂:画龙系铜铃的旗。

51蓐收:金神之名,为西方上帝少昊之子。西皇:即少昊。

(52)旍：旗帜。

(53)暧曃：昏暗不明。曭莽：幽暗迷濛。

(54)玄武：二十八宿中北方七宿的总称，为龟蛇合体之象。

(55)弭节：按节缓行。

(56)抯挢：飞升。媮：同“偷”。

(57)睨：斜视。

(58)自弭：自我宽解，自我安慰。

(59)南疑：南方的九嶷山。

(60)罔象：犹云汪洋。

(61)祝融：火神之名。衡：车辕头上的横木。

(62)宓妃：伏羲氏之女，洛水女神。

(63)《咸池》《承云》：都是黄帝所作的乐曲名。

(64)二女：舜帝的两位妃子娥皇、女英，她们是尧帝的女儿。《九韶》：舜帝命咸黑所作的乐曲。

(65)海若：海神。冯夷：河神河伯。

(66)虫象：水怪。

(67)蟉虬：屈曲盘绕貌。

(68)便娟：轻盈美好貌。增挠：层绕。增，通“层”；挠，通“绕”。

(69)轩翥：高飞。

(70)博衍：舒展绵延。

(71)逴：远。绝垠：指天边。寒门：北极之山。

(72)清源：传说中八风之府。

(73)颛顼：北方上帝之名。

(74)玄冥：北方水神。

(75)黔瀛：“瀛”一作“嬴”，即黔雷，造化之神。

(76)列缺：闪电。

(77)峥嵘：此谓深远之貌。

(78)泰初：天地万物的元气。

【译文】

有感世俗扼杀人的自由，
真想飞翔起来远处周游。
性质微薄又没有依靠，
以什么为寄托乘着它上浮？
周围是污浊黑暗的气氛，
独自苦闷向谁去倾诉？
漫长的黑夜里不能安眠，
守着一缕孤魂直至破曙。

联想天地的无穷无尽，
哀叹人生的坎坷苦辛。
过去的事我没能赶上，
未来的事我难以知闻。
徘徊不定思绪遥远，
惆怅失意心气不顺。
神志恍惚如水波激荡，
心中愁苦而悲哀愈增。
忽然间魂灵飞散不返，
只留下枯槁的肉体身形。
自我反省以坚持操守，
寻求天地正气从何而生。
清虚宁静中自有愉悦，
淡泊无为悠然自得是真。

听说赤松子清高绝俗，

愿继承遗风学其行事。
看重养真之人的美德，
羡慕古人能升仙超越生死。
形体虽然物化消失不见，
名声却显耀而长存后世。
傅说骑星升天多么神奇，
韩众服药成仙令人羡慕不已。
身形肃穆地渐渐远去，
离开人群而超迈高逸。
循着气的变化层层高飞，
把鬼神也惊得奔走诧异。
朦胧中似乎远远可见，
神灵光芒闪烁往来任意。
超越尘埃修善超过先祖，
再也不会返回故国乡里。
摆脱众多患难无所畏惧，
世人都不知他们的踪迹。

担心岁月流逝季节交替，
辉煌的太阳也已向西下行。
薄薄的秋霜下降大地，
可怜那芳草最先凋零。
姑且漫步游荡逍遥一番，
长久地一年年事业无成。
谁能与我赏玩残留的芳草？
早晨对着清风放松心情。
高阳帝的时代十分遥远，
我怎么效法他高洁的品行？

再说道：

春去秋来光阴不停留，
何必久久地留在故乡？
轩辕黄帝既然不能高攀，
我将跟着王子乔嬉娱游赏。
吞食六精之气而啜饮清露，
漱着正阳之气含着朝霞之光。
保持精神心灵清明澄澈，
将精气吸入将浊气扫荡。
跟随和畅的南风出游，
休息在南方神鸟的巢穴之旁。
见了王子乔就在那儿留宿。
询一元之气纯和之德之详。

王子乔说：

“道可以从内心感受，
不可以口耳相传。
说它小则无处不可容纳，
说它大则大到无边无沿。
不搅乱你的神魂，
它就自然而然地出现。
这一元之气非常神奇，
半夜寂静之时方才可感。
要以虚静之心来对待它，
不要万事只想着自己占先。
各类东西都是这样生成，
这就是得道的门槛。”

听罢至理名言便想远去，

忽然间我就出发前行。

随着飞仙升到丹丘仙境，

在神仙的不死之乡息停。

早晨在汤谷洗洗头发，

傍晚让九阳晒干我的全身。

吮吸飞泉的美液，

怀抱良玉的精英。

洁白的脸庞光泽滋润，

体魄健壮精力充盈。

形体消瘦才能见出柔美，

神气幽远自然摆脱拘谨。

赞赏南方炎热气候的功德，

美丽的桂树冬天也吐芳馨。

山林萧条没有野兽，

原野苍茫不见人影。

三魂六魄飘上彩霞，

覆盖浮云向上飞升。

命令天官的看门人开门，

他推开大门朝我把眼瞪。

召来雷神丰隆命他做向导，

探问太微宫位置的远近。

积集九重阳气进入帝宫，

探访旬始星参观清都天庭。

早上从太仪殿驾车出发，

傍晚到达医巫闾山边。

万辆马车屯聚一起，
浩浩荡荡齐驰飞前。
驾车的八条龙蜿蜒游动，
车上的云旗逶迤首尾相连。
竖起插着旄头的霓虹之旗，
五色斑斓纷杂照耀明艳。
驾车的马匹宛转起伏不定，
两边的马匹曲蹄奔驰矫健。
车马交错纵横杂乱，
队列绵绵不绝并行不悖。
抓紧我的缰绳放正马鞭，
我将拜见东方木神一面。
经过了东帝太皞再向右转，
让风伯飞廉在前开路打探。
灿烂的太阳还没有升起放光，
就在天地之上横越飞迁。
风伯为我作队伍的先驱，
扫荡尘埃迎来清凉一片。
凤凰张彩翼支承云旗，
在西帝那儿与金神蓐收遇见。
摘下彗星充当小旗摇曳，
举起北斗之柄作大旗舒卷。
五色缤纷斑斓上下浮泛，
在云海惊涛中漫游流连。
时已昏暗四周朦朦胧胧，
召来北方玄武七星奔走串联。
让文昌六星在后掌管随从，
挑选众神和我并驾向前。

路程迢迢多么漫长，
按鞭缓缓地驰向高天。
雨师相伴随侍在左方，
雷公保驾扈从在右边。
要超越世俗忘却归去，
意态欣然自得腾飞翩翩。
内心欣悦自感美好，
聊以自娱求得快乐安恬。
跨青云漫游四面八方，
忽然俯瞰到故乡的田原。
仆人们怀念啊我心中悲痛，
马匹也回顾不进充满眷恋。
想念故乡的父老兄弟，
不禁长叹一声擦拭泪眼。
从容泛游而逍遥远去，
暂且抑制情感自解自宽。
指着南方火神径直驰去，
我要去南方的胜地九嶷山。

观览世外之地的茫昧幽暗，
仿佛在大海中独自浮行。
火神祝融劝我调转车头，
又告诉青鸾神鸟将宓妃远迎。
张设“咸池”之乐演奏“承云”之曲，
娥皇女英二女唱出“九韶”歌声。
让湘水之神也来鼓瑟，
令海神与河伯合舞助兴。
无角黑龙与水怪一起出没，

体形屈曲宛转延伸。
彩虹轻盈优美层层环绕，
青鸾神鸟在高处翱翔不停。
音乐旋律舒展没有终止，
我于是远去徘徊巡行。
放下马鞭让车队尽情奔驰，
到天边走向北极的寒门。
乘着疾风抵达八风之府清源，
追随北帝颛顼在厚厚冰层。
通过北方水神的曲径，
在天地两维之间回望一阵。
召呼造化之神前来见面，
为我先行把道路铺平。
已经历过四面荒凉之地，
也遨游了八方广漠之境。
向上到达闪电之至高，
向下俯瞰大壑之至深。
下界茫茫似没有大地，
上方空空似没有高天。
匆匆忙忙什么也看不见，
恍恍惚惚什么也听不清。
超越无为清静的境界，
我和天地元气结伴为邻。

【赏析】

《远游》一篇，东汉王逸《楚辞章句》以为“屈原之所作也”，题解云：“屈原履方直之行，不容于世。上为谗佞所谮毁，下为俗人所困极，章皇山泽，无所告诉。

乃深惟元一，修执恬漠。思欲济世，则意中愤然，文采铺发，遂叙妙思，托配仙人，与俱游戏，周历天地，无所不至。然犹怀念楚国，思慕旧故，忠信之笃，仁义之厚也。是以君子珍重其志，而玮其辞焉。"其后历代学者对本篇作者为屈原均无异议，直到近代，始有人表示怀疑。今文经学家廖平首先发难，其《楚辞讲义》云："《远游篇》之与《大人赋》，如出一手，大同小异。"现代学者，陆侃如早年所著《屈原》、游国恩早年所著《楚辞概论》，都认为《远游》非屈原所作(游氏晚年观点有所改变)，郭沫若《屈原赋今译》、刘永济《屈赋通笺》也持同样的观点。而姜亮夫《屈原赋校注》、陈子展《楚辞直解》等则坚决认为《远游》为屈原所作。归纳起来，说《远游》非屈原所作，大致有三点理由：第一是结构、词句与西汉司马相如的《大人赋》有很多相同；第二是其中充满神仙真人思想；第三是词句多袭《离骚》《九章》。但姜亮夫《屈原赋校注》、陈子展《楚辞直解》都认为《远游》结构语句与《大人赋》多相同之处，只能说明《大人赋》抄袭《远游》；描写神仙真人与屈原所处的楚文化氛围吻合，而神仙真人思想也仅是本篇的外壳而不是主旨所在；一人先后之作，中有因袭，自古而然，不足为奇。他们的观点，应该说是可以成立的。今人更有著专文"从文风、修辞、语法、韵律等几方面客观而科学地列出一些事实。以证明《远游》的作者只能是屈原而决非别人"。《远游》为屈原所作，似乎应该成为定论，正如姜亮夫所说，"从整个屈原作品综合论之，《远游》一篇正是不能缺少的篇章"，"《远游》是垂老将死的《离骚》"。

诗人与当时楚国政坛矛盾极深，而对那个嫉贤忌能、迫害忠良的朝廷，他唯一的办法是离去。对一个热爱国家的大臣，离开郢都去周游四方，并不是愉快的。所以，欲离不离，欲去还留的心态，使他的情绪寄托——诗歌，呈现一种徘徊犹疑、反覆凄迷的美。不过，《远游》一诗所描写的远游，并不是诗人的现实行为，而更多的是想象活动。因为是想象活动，诗人就把远游定位在天上，在神道怪异之间，在云光霞影里。众多的天上神祇，成了诗人的游伴。古人认为，天堂是真纯高雅的，所以，远游的梦想，也是神奇脱俗的。不过，最后诗人还是不得不回到人间，回到苦难黑暗的世俗社会。对世俗社会卑污的谴责，对高雅纯真世界的追求，也在远游的虚构中表露出来了。

全诗按思想感情的脉络，可以分成九段。

第一段是总起,交代远游的原因。基调是开头两句:“悲时俗之迫阨兮,愿轻举而远游。”对恶浊朝廷的迫害充满悲愤,只得去远游了。到哪里远游呢?“托乘而上浮”,去的是天上,是人们所崇仰的神仙世界。

第二段写远游者的心境,反复吟咏“心愁悽而增悲”“求正气之所由”,定下全诗感情基调:悲愤的追求和坚定的信念。到四方远游的宁静环境,和诗人关怀现实的热烈内心,形成一对矛盾,从而引导下文诗人情绪的多变反覆。

第三段提出一系列的仙人:赤松子、傅说、韩众等,作为追慕的对象,“贵真人之休德兮,美往世之登仙”。不过,诗人内心仍然隐隐作痛:他忘却不了故乡,忘却不了世俗社会。难道得道升天、腾云驾雾,就可以躲避小人们的迫害吗?诗人无法回答。诗人的怀疑,实际上是自己对远游复杂的心理表述。

第四段诗人的思绪又回到世俗社会,想到善良忠诚而遭朝廷迫害的情形,感到高阳帝时代清明的政治不会再出现,只好认真规划自己远游的行程了。第四段与第三段在内涵上相对。第三段写上天游玩却怀念人间,第四段写人间受苦就向往上天遨游。天上人间,始终成为诗人心灵的两极,时左时右,使情绪澜翻不已。

第五段是对三、四段情绪的决断。一开头有“重曰”二字,先重重地下断语:“春秋忽其不淹兮,奚久留此故居?轩辕不可攀援兮,吾将从王乔而娱戏。”世俗社会不能再留恋了,还是去飞天遨游吧!向南、向南,先向南方游览。诗人决断去远游,又定下方向,至此,才是远游从思想落实到行动。那么,诗人向谁请教远游的道理呢?第一位远游导师,便是王子乔。定了信念,请教仙人,远游便确定无疑了。

第六段是仙人王子乔的话。诗人把仙人的话,用富有节奏的文字记录下来,实质上是通过王子乔的话,表达自己对远游的体会:既然现世已无有道贤君,那么,上天悟道就是成仙立德了。古人说,人生三项不朽的事业是立德、立言、立功,立德是最重要的。既然在人间不能再立德,成仙修行便是最佳道路了。王子乔的话,诗人的领悟,都集中在做一个有道德的人这一点上,可见诗人仍未忘情于世:人间的道德规范永远深烙在他心中。

第七段写诗人远游的第一站:上天宫参观。上天之前,诗人吸取天之精气，神旺体健，然后乘云上天，进入天宫之门，游览清都等天帝的宫殿。古时说天帝宫殿在天的中央，诗人升天后先到天中央，作为出发的基点，可见在他心灵深处，仍然有一个天帝，那是人间君王在天界的投影。隐约之间，我们感到屈原离开楚国都城远游，心中时刻忘不了人间的君王。

第八段，写诗人远游的第二站：游览天上的东方与西方。先是游东方。诗人出游的队伍不是三两什役，而是一大队龙神卫护，八龙驾车，风伯、雨师、雷公做侍卫，真是威风八面、气势威严。拜会过东方太皓天帝和西方金神蓐收之后，诗人有点飘飘然了，享受到得道成仙的乐趣。但是，从高空下视。瞥见故乡，心中不禁隐隐作痛。该怎么办呢？决定再向南游，希望找到舜帝一诉衷肠。这一段写出游队伍的庞大神奇，既有大胆热烈的想象，又有丰富具体的铺陈，使出游的行列成为神仙世界的展览，渲染出成仙得道的快乐气氛。

第九段是全诗的结束，又可分两个层次。第一层写游览南方和北方，拜会南方之神祝融和北方之神颛顼，都深受教益。游南方北方的描写，比游东方西方简单一些，因为同样一支队伍，不必重复描述。只是突出了南方的鸾迎宓妃、湘灵鼓瑟，以及北方的冰积寒冷。第二层概括游览东西南北四方天空大地，感悟到人间应该有一个新的世界，那便是超越儒家的教化，使人与天地元气相一致，天、地、人和谐共处。这样，即使不离开人间远游，也能感受到生命的快乐了。

《远游》一诗，写的是想象中的天上远游，表达的是现实人间的理想追求。诗中出现了大量的神仙怪异之物，先后有太皓、西皇、颛顼等四方上帝。有雷神丰隆、木神句芒、风神飞廉、金神蓐收、火神祝融、洛神宓妃、湘水之神湘灵、海神海若、河神冯夷、水神玄冥、造化之神黔瀛等各类正神，有玄武星、文昌星等星官，有赤松子、傅说、韩众、王乔等仙人，有八龙、凤凰、鸾鸟、玄螭、虫象等神话动物，有汤谷、阊阖、太微、旬始、清都、太仪、微间、寒门、清源等神话地名，迷离惝恍，令人目不暇接，心驰神往。这正是战国时代民间传说与原始宗教交叉的产物，反映出楚文化富于想象的特色，显示了诗人吸取民间文艺素材进行诗歌创作的艺术视野和操纵开合运用自如的创作能力。这位伟大的诗人的诗歌为我们保存了大量的古代神话素材，成为后代文学艺术创作的重要借鉴依据。